HERMAN

DU MÊME AUTEUR :

Le Demi-frère, Lattès, 2004.

www.editions-jclattes.fr

Lars Saabye Christensen

HERMAN

Roman

Traduit du norvégien
par Jean-Baptiste Coursaud

JC Lattès
17, rue Jacob 75006 Paris

Titre de l'édition originale
HERMAN
publiée par J.W. Cappelens Forlag a.s

Un grand merci à Sissel Solbjørg Bjugn

1

AUTOMNE

Herman, la tête penchée en arrière, regarde dans l'arbre dont les feuilles rouges et jaunes tiennent en équilibre précaire. Entre les fines branches noires, il aperçoit le ciel où les nuages foncent en tous sens. Rester debout dans cette position lui donnerait presque le tournis, pour un peu ce serait lui qui file comme un bolide. Ce vertige n'est pas désagréable dans le fond, du moins pendant un moment – pourvu simplement qu'il ne s'écrase pas contre la statue du Monolithe. Il ferme les yeux, mais sentant qu'il est sur le point de se casser la figure, il les rouvre en quatrième vitesse et respire, soulagé. Il se trouve toujours dans le Parc de Frogner et, s'il a bougé, ce n'est guère plus d'un centimètre.

Puis il assiste à la chute de la première feuille : accrochée à l'extrémité d'une branche, elle n'a pas l'air bien vaillante. Sous l'effet du vent, elle tournoie et vogue vers la fontaine comme un bouvreuil voltige en pointillé. Herman s'élance à sa poursuite sans perdre de vue ce point rouge flottant dans les airs. Le vent la soulève de haut en bas, Herman court en décrivant des zigzags sur le gravier, en espérant avoir fait un double nœud à ses lacets ce matin. Soudain, il a l'impression que la feuille abandonne la partie, à moins que ce ne soit le vent : elle se laisse tomber, à bout de forces, juste devant Herman. Il s'arrête net, ouvre la bouche en grand, prend son élan et la gobe avec la virtuosité d'un fourmilier affamé.

Juste à ce moment-là, il remarque une présence. Quelqu'un l'épie, caché derrière une statue. Il distingue en effet le bord d'un cartable rose qui dépasse. La feuille dans la bouche, il décide de rester cloué sur place. Elle n'a pas un goût du tonnerre, cette feuille, mais il a connu pire : la pellicule figée sur la crème au chocolat, la peau du lait bouilli ou l'anguille que son père pêche sur le port. Le cartable a beau avoir disparu de son champ de vision, il sait son espion toujours planqué là-bas, protégé par la femme obèse qui a au minimum seize enfants dans les cheveux. Indécis sur l'attitude à adopter, Herman n'a pas bougé d'un pas quand il choisit finalement d'avaler la feuille. Et c'est étrange de songer que quelques minutes plus tôt elle se trouvait sur un arbre gigantesque alors que maintenant elle évolue dans son ventre. Peut-être que comme ça il n'aura pas besoin de manger des légumes au dîner.

Elle s'extrait alors de son repaire. Ruby. Puisque c'est elle. Ruby qui est dans sa classe. Elle n'a pas quitté depuis tout à l'heure son poste d'observation, derrière la statue, et Herman ne sait pas trop si l'idée de la savoir là tout le temps le ravit tant que ça. Ruby a des cheveux roux, elle en a en pagaille. Certains disent même qu'elle aurait cinq nids d'oiseaux dissimulés dans sa tignasse. Les mains dans le dos comme si elle était détentrice d'un lourd secret, elle dévisage Herman avec un drôle d'air, d'un œil mi-clos.

— Tu manges les feuilles, toi, maintenant ?

— De temps en temps.

— T'es pas le seul que je connaisse qui en mange.

— Dans ce cas tu connais pas grand monde, répond Herman en allant chercher son cartable resté sur le banc.

Ruby s'avance vers lui sans le quitter des yeux.

— Tu me suis ? demande-t-il.

Ruby éclate de rire pendant que d'autres feuilles tombent de l'arbre.

— Je viens de donner à manger à mon canard : des carottes et de la saucisse. Tu vas peut-être tomber malade si ça se trouve. En tout cas t'as l'air malade.

— Je pète la santé et je suis frais comme un gardon ! rétorque Herman.

Son grand-père dit ça en permanence, et tant pis s'il ne quitte pas son lit à baldaquin au troisième étage et qu'il ne peut plus marcher. C'est peut-être justement pour ça qu'il fait ce genre de remarque, comme quoi il est frais comme un gardon.

— Les gardons mangent pas de feuilles, objecte Ruby.

— Mais des vers de terre, si ! C'est encore pire.

Ils prennent la direction du pont. Un poivrot s'est endormi au pied du Sinnataggen, le petit garçon statufié qui a toujours l'air aussi malcommode et en colère. Les bassins de la piscine de Frogner sont vides, verts, et le plongeoir des dix mètres touche presque le ciel. Il ne va pas tarder à pleuvoir. Sous le pont, dans un des étangs, les canards nagent, s'évitent et tournicotent sans se préoccuper de rien, d'ailleurs ils s'en fichent royalement. Un cygne fait mine de soulever ses ailes, mais il se ravise et les replie, l'envie a dû lui passer. S'appuyant sur la rambarde, Ruby désigne un des volatiles.

— C'est mon canard !

— Ton canard ?

— Celui à qui je donne à manger.

— Comment t'arrives à faire la différence entre tous les canards ?

Elle se tourne vers lui, secoue la tête, son énorme tignasse rousse dodeline sans qu'aucun oiseau s'en échappe – c'est déjà ça.

— Je te le dirai pas ! répond-elle avant d'ajouter aussitôt : Ou peut-être une autre fois.

Continuant leur chemin en silence, ils passent le grand portail. Une fois dans l'avenue Kirkeveien, Ruby s'approche d'Herman et examine son visage pendant un long moment. Herman est soudain nerveux.

— J'ai toujours l'air malade ?

— T'as les yeux tout verts et le nez orange !

Sur ce, elle s'élance pour rejoindre le quartier de Majorstua. Arrivée devant la statue d'Oscar Mathiesen, elle se retourne, fait à un signe de la main à Herman qui ne le voit pas puisqu'il est déjà en route vers Skillebekk. Sauf que là, d'un seul coup, il ne se sent vraiment pas dans son assiette. Peut-être qu'il va tomber malade en fin de compte. Peut-être que ses bras vont s'allonger et se transformer en branches, si ça se trouve. Et peut-être même que quelqu'un aura l'idée de les utiliser au moment de l'hiver. Si ça se trouve. Il sent la feuille coincée en travers de son ventre, elle n'arrête pas de le chatouiller. Ça y est, ses bras commencent déjà à durcir. Histoire d'enrayer le processus, il les plaque contre son ventre. Il se regarde dans le miroir du coiffeur de la Bygdøy allé, ce genre de glace où on peut aussi se voir de profil, il lui suffit juste de se pencher en avant et de remuer le crâne. Ce qu'il aperçoit lui file une peur bleue. Il ne se reconnaît pas. Son nez est devenu une pomme de pin, ses oreilles ressemblent à deux trous de pivert, ses cheveux ont l'allure d'une mousse vert clair plantée au-dessus du front. Herman décampe avant que le Gros l'aperçoive. Il file se planquer sous un porche. C'est là qu'il se décide : il fourre son doigt au fond de sa gorge comme son père le fait de temps en temps le dimanche. Herman a enfoncé son doigt tellement profond qu'il arrive presque à toucher la feuille. Elle ne tarde pas à remonter et elle vient à toute berzingue, talonnée par le casse-croûte de midi et les deux caramels qu'il a trouvés en chemin. La feuille est toujours rouge et elle schlingue, pire que les tennis qu'il met en gym. Un coup de vent l'envoie valser dans la rue. Ballottée le long du caniveau, elle disparaît entre les grilles d'une bouche d'égout.

Herman se redresse. Il se sent déjà mieux. Trouvant vraiment dommage que les caramels connaissent un sort pareil, il se demande s'il ne va pas les manger une seconde fois. Oh et puis si, tiens ! Ni une ni deux, il les enfourne dans sa bouche. Après quoi, tranquillement, il descend la Gabelsgate. Trois arbres plus trois autres arbres est égal à une forêt, dit Herman à voix haute. Mais combien font un arbre plus un arbre ? Ça doit faire une forêt seule et abandonnée.

Il se met à pleuvoir. Réflexion faite, Herman n'a pas envie de se fatiguer à courir sur les derniers mètres qui le séparent de son immeuble. Pile au moment où il tourne pour entrer dans sa rue, la Caisse des Consignations ouvre la fenêtre de son appartement au rez-de-chaussée et exhibe son visage émacié et tout rouillé. Les gens disent de lui qu'autrefois il était concierge chez le roi, mais qu'il a été fichu à la porte parce qu'il était tombé amoureux d'une princesse belge en visite officielle à Oslo. D'autres disent qu'en fait le roi s'est rendu compte qu'il était suédois et que c'est pour ça qu'il a été flanqué dehors. Toujours est-il que soit il fait sa grosse voix, soit il ne décroche pas un mot. Aujourd'hui, il est plutôt du genre à la mettre en veilleuse, ce qui n'a rien d'étonnant vu qu'on est un lundi.

— Hé, Herman ! chuchote-t-il. Approche !

C'est à peine si Herman entend ce qu'il est en train de lui dire. Il avance vers lui.

— Tu ne pourrais pas rapporter des bouteilles consignées pour moi ?

— On n'a pas le temps aujourd'hui, murmure Herman. Peut-être demain.

— Demain est un autre jour, hélas, marmonne la Caisse des Consignations avant de refermer lentement sa fenêtre.

2

Herman est torse nu dans la salle de bains. Il fait sa toilette avec son père puisque celui-ci ne passe jamais à table sans s'être au préalable soigneusement lavé, et pas seulement les mains, non non, mais tout ce qui se trouve au-dessus de la ceinture, et surtout sous les bras. Qu'il grignote ne serait-ce qu'une pauvre petite tartine ridicule pendant l'émission de radio, il se sent malgré tout obligé de se décrasser la poitrine et de changer de maillot de corps. Ce n'est certes pas la fin du monde, mais c'est un peu épuisant à la longue de se retrouver torse poil à côté d'un père en train de montrer ses muscles quand soi-même on n'a pas encore de biscotos – ce qui d'ailleurs ne saurait tarder, il faut juste qu'Herman arrête de manger des feuilles. En plus, la glace est accrochée tellement haut qu'Herman n'aperçoit que la pointe de ses cheveux alors que son père est tellement grand qu'il touche presque le plafond et doit se pencher quand il se coiffe avec son peigne dont il est fier comme Artaban. Le père d'Herman est conducteur de grues.

— Tu as fait des conneries aujourd'hui ? demande-t-il en examinant le peigne à la loupe avant de le remettre dans sa poche arrière.

Herman est obligé de se creuser les méninges.

— Pas que je m'en souvienne.

— C'est bien ce que je me disais. Sinon je l'aurais vu. Pas vrai ?

Son père lui donne une tape dans le dos et tous deux éclatent de rire. Herman penche la tête en arrière, lève les yeux vers son père, et pendant une seconde il a l'impression d'être au pied de l'arbre dans le Parc de Frogner. Sauf qu'aucune feuille ne tombe de la tête de son père.

— Tu as vu des anges aujourd'hui ? lui demande Herman.

— Peau de balle et peau de zébi ! Pas un aujourd'hui non plus, soupire-t-il en se tartinant les aisselles de déodorant.

Herman a la permission de le lui emprunter. Ça le brûle méchamment, mais c'est peut-être la rançon de la bonne odeur. Quand ils entendent la mère d'Herman faire tomber une assiette par terre, ils comprennent que le signal du dîner est lancé.

On est aujourd'hui lundi et lundi équivaut à devoir se coltiner les restes. Ce n'est pas vraiment le plat du siècle. Herman se demande toujours d'où ils peuvent bien venir, ces fameux restes, étant donné qu'il n'a pas le souvenir d'avoir mangé quoi que ce soit d'approchant le samedi ni le dimanche ; ses soupçons se portent illico sur l'anguille de son père dont il est persuadé qu'elle a été glissée en douce dans le mystérieux gratin de poisson. Qui plus est, Herman n'a pas l'estomac dans les talons aujourd'hui, loin s'en faut. Quand c'est comme ça, son père lui demande toujours s'il est malade ou s'il n'a plus envie de grandir. Autrement dit, et pour résumer, les restes sont très contraignants.

Herman picore la nourriture tandis que dehors, la pluie continue de tomber. Posé sur l'appui de la fenêtre, un pigeon d'une propreté douteuse roucoule dans son coin. Puis il s'envole, traverse la rue et se pose sur une branche. Les oiseaux ont sacrément de la chance, songe Herman. Ils n'ont pas besoin d'imper ou de ciré, eux. Mais au fait, s'il pleut pendant quarante jours, comme en Afrique, peut-être que dans ce cas ils sont obligés de porter une bouée et un tuba ?

— Tu es malade, Herman ? Ou tu ne veux plus grandir ?

Son père lui parle la bouche pleine et se ressert pour la quatrième fois. Herman est prêt à parier qu'ils ont quand même mis de l'anguille dans le gratin.

— On a déjà mangé, répond-il.

— Déjà ? demande sa mère. Mais où ?

— Dans le Parc de Frogner, avec les statues de Gustav Vigeland.

— C'est pas bien de manger entre les repas, fait remarquer son père. Sinon tu vas grandir en largeur et pas en hauteur.

— On ne le refera plus, promis.

Herman jette un nouveau coup d'œil du côté de la fenêtre. Le pigeon n'est plus en vue mais la pluie si, qui tombe du ciel à l'horizontale. Dieu doit être hyper fortiche en natation, se dit Herman. Sans parler de Jésus, vu comme il marchait sur l'eau dans sa jeunesse. Herman est fier que son père soit conducteur de grues. Il envisageait à une époque de choisir cette voie-là lui aussi. Mais étant donné qu'il a le vertige rien que de regarder la cime d'un arbre alors qu'il a les pieds bien calés sur le plancher des vaches, il a peu de chances d'être capable de travailler dans les airs à au moins dix kilomètres du sol tout en regardant en bas pour soulever avec le crochet de la grue un câble énorme et de le faire ensuite rentrer dans le chas d'une aiguille.

La mère d'Herman transvase les restes de son assiette dans la sienne. Bien qu'elle soit atteinte de fringale galopante, elle est petite et menue. Elle travaille au coin de la rue, à l'épicerie, chez Jacobsen. Herman aime bien y aller après l'école, il aime plus que tout l'odeur qui s'échappe de la machine à café derrière le comptoir. C'est tout de même bizarre qu'une boisson puisse avoir un goût aussi infect et en même temps sentir aussi bon.

— Aujourd'hui, un client a essayé de nous voler la caisse, raconte-t-elle. Il nous a jeté des tomates à la figure et nous a menacés avec un régime de bananes !

— Ce n'était pas la Caisse des Consignations, par hasard ? demande Herman.

— Bien sûr que non ! Il n'aurait jamais l'idée de faire un truc pareil !

— Et il vous a volé beaucoup d'argent ?

— Il a glissé sur une peau de banane en essayant de s'enfuir !

Elle se gondole de rire au point de devoir poser ses couverts. Car quand elle rit, les trains de la Gare de l'Ouest déraillent, le bateau reliant la presqu'île de Nesodden coule à pic et l'horloge de l'Hôtel de Ville s'arrête. Le père prend lentement sa respiration et attend que le silence se réinstalle.

— Maman…, soupire-t-il. Tu racontes encore des sornettes.

— Oh ! Tout de suite… En tout cas, Jacobsen junior a téléphoné à la police pour déclarer un vol à main armée. Il a pris les tomates pour du vrai sang !

— Il a beau jouer les cadors, ton m'as-tu-vu, c'est une vraie poule mouillée ! Il va pleurer dans les jupons de la police au moindre stylo perdu.

— Il fait ce qu'il peut, le pauvre.

— Mais oui, c'est ça ! Et tout ce qu'il sait faire, c'est compter ses stylos et se pavaner…

Herman regarde ses parents à tour de rôle et réfléchit.

— Si ça se trouve, c'était Gustav Vigeland, propose-t-il.

Son père pose son couteau et sa fourchette et soupire de plus belle. Sa mère échange son assiette avec celle d'Herman puis, brusquement, se penche sur lui, comme Ruby avant elle, ce qui le rend aussi nerveux que tout à l'heure. Peut-être qu'en fin de compte il a encore un bout de feuille. Peut-être que, sans le savoir, il est en train de se transformer en arbre.

— Demain, il faut que tu te fasses couper les cheveux, dit-elle.

Herman est soulagé.

— D'ac' !

— Tu n'as pas oublié d'aller voir ton grand-père au moins ?

Herman secoue la tête si bien que sa frange ondule et que des petites mèches tombent sur la table.

— On n'a pas la mémoire courte, précise-t-il.

Sa mère essuie les cheveux, puis saisit à nouveau son regard.

— Dis donc, j'ai comme l'impression que tu vas être obligé de te promener avec une résille sur la tête ! plaisante-t-elle.

Herman éclate de rire, mais pas aussi fort qu'elle, il n'y arrive pas. De son côté, le père dessert la table en emportant tout en une fois, et sans perdre ne serait-ce qu'un cure-dent.

L'avantage d'annoncer que ses devoirs l'attendent, c'est qu'il évite de se coltiner la vaisselle. Voilà pourquoi Herman claironne systématiquement après le dîner qu'il doit aller faire ses leçons. Il entre dans sa chambre, sort son cahier du jour et écrit : *Le Parc de Frogner par Gustav Vigeland. 58 sculptures en bronze sur le pont. 4 figures humaines en granit en train de se battre avec chacune un lézard. Le Jardin aux Roses. Le Labyrinthe. Le Plateau du Monolithe. 8 grilles en fer forgé. La place de l'Ouest. La Roue de la Vie.* Il cogite un long moment avant de formuler sa dernière phrase. Il hésite un peu mais écrit finalement : *Et on était d'accord pour dire que c'était une belle journée.* Après quoi il regarde par la fenêtre. La nuit est déjà tombée. C'est pas ordinaire au fond de se dire qu'on peut voir l'obscurité, songe Herman. Son globe éclaire rudement bien, en tout cas. Posé sur l'appui de la fenêtre, il n'est jamais éteint. Herman le fait tourner, ferme les yeux et l'arrête avec l'index. Adapazari ! Il gomme la phrase qu'il vient de noter et lui préfère une autre conclusion : *Quand je serai grand, soit je serai conducteur de grues, soit j'irai à Adapazari !*

Avant de se coucher, il va rejoindre ses parents qui écoutent *Florilège* à la radio. Aucun d'eux ne fêtant son anniversaire aujourd'hui, ils ne risquent pas d'avoir de morceau dédicacé. Herman trouve un peu tristes les psaumes qui sont diffusés et espère que personne n'aura l'idée de demander *Le Grand Troupeau blanc* le jour de son anniversaire. Pendant qu'Eddie Calvert joue de la trompette pour un soldat stationné à Bardufoss, le père d'Herman file à la salle de bains ; du coup, ils comprennent qu'il a encore faim.

— Il est l'heure de mettre les voiles, dit sa mère en levant un œil de sa réussite. Et quand le navire prend la mer, il faut que le capitaine soit à bord. Pas vrai ?

— Oh oh ! Terre à tribord ! s'écrie Herman en marchant au pas en direction de la salle de bains.

Il y trouve son père torse nu, occupé à se raser. Sa barbe fournie l'oblige à se raser trois fois par jour et cinq fois le dimanche. Herman grimpe sur son dos mais lorsqu'il arrive en haut de ses épaules et qu'il voit leur reflet dans la glace, il se laisse lentement glisser par terre, pris d'un nouveau vertige. Son père glousse puis se passe la tête sous le robinet. Herman replie dix-huit fois son tube de dentifrice, appuie de toutes ses forces et une petite crotte blanche s'en extrait. Étrange en fait de constater que les tubes de dentifrice ne sont jamais vides.

— Eh bien sur ce on va dire bonne nuit, dit Herman.

— Bonne nuit, répond son père dans un gargouillement.

Une fois qu'il est couché, sa mère entre pour éteindre la lumière, mais le globe a le droit de rester allumé. Assise sur le lit, elle passe sa main dans les cheveux d'Herman, tire légèrement dessus – il aime bien. C'est une habitude qu'elle a prise quand ils sont trop longs et qu'il doit aller chez le coiffeur. Il décide de se les faire couper juste un tout petit peu, comme ça, il devra bientôt y retourner et sa mère pourra les caresser, les tirailler et rire à gorge déployée.

Elle referme doucement la porte, et Herman pense soudain à Ruby, à sa tignasse rousse ; il n'est pas impossible qu'il y ait des oiseaux dedans, peut-être un bouvreuil, à coup sûr un colibri. Et il repense aussi, c'est plus fort que lui, à la feuille qu'il a avalée, car ça valait quand même son pesant de cacahuètes – il aura plutôt intérêt à réfléchir à deux fois si l'idée lui reprend de faire un truc pareil. Il entend le vent chanter une drôle de mélodie ce soir : il rôde au coin des maisons avec ses accordéons démantibulés et ses trompettes bouchées. Herman n'a jamais vu en face le visage du vent. Lui parviennent alors les bruits que font ses parents dans le salon. Heureusement qu'ils ont un visage, eux. Herman songe au temps qui, à son avis, est né sous une bien mauvaise étoile : tout le monde veut le prendre, certains veulent même le tuer. Et enfin Herman fait de nombreux rêves dont il ne garde aucun souvenir. Ce qui, à la réflexion, est drôlement agaçant.

3

Herman a fait le calcul : huit cent quarante-deux pas le séparent de l'école. Ça, c'est lorsqu'il marche seul et non en fermant les yeux et sans sa capuche de marin. Il ne lui en faut plus que huit cent seize dès l'instant où il accompagne son père jusqu'à l'avenue Drammensveien. Vu que celui-ci a des jambes extraordinairement grandes, Herman est obligé d'allonger le pas le plus possible s'il ne veut pas être à la traîne. Sa mère, toujours postée à la fenêtre étant donné que l'épicerie de Jacobsen n'ouvre qu'à neuf heures, leur fait de grands gestes des deux bras en guise d'au revoir et, quand ils sont quasiment au bout de la rue, ils l'entendent crier puis la voient lancer le déjeuner d'Herman qu'il oublie chaque fois. Car sa mère est redoutable au lancer : un jour, elle lui a catapulté sa boîte à casse-croûte alors qu'il était déjà dans la Bygdøy allé, et ce n'est pas rien puisque ça fait déjà cent trente-huit pas de distance ; Herman n'a eu qu'à soulever le rabat de son cartable et zim, les tartines de fromage de chèvre et de cervelas ont atterri entre la trousse et le livre de sciences naturelles.

Ils s'arrêtent au croisement, juste devant chez Jacobsen : le père va rejoindre le chantier à Vika en descendant la Munkedamsveien alors que le fils continuera tout droit. Herman sent l'haleine de son père, un mélange de café et de cigarette, au moment où il se penche à sa hauteur.

— Un de ces jours, tu pourras venir avec moi en haut de la grue.

Herman regarde ailleurs.

— Euh... d'ac'. Tu crois que de là-haut on peut voir jusqu'en Amérique ?

— En Amérique ? Tu rigoles ! Encore plus loin, même ! J'arrive à voir tellement loin que j'aperçois mon dos !

— T'es vachement fortiche, dis donc.

— Je suis en train de te raconter des bêtises. J'aperçois la presqu'île de Nesodden, pas plus. C'est pas beau de mentir et d'inventer des trucs qui n'existent pas, tu crois pas ?

— Vaut mieux pas, non.

Son père se redresse d'un seul coup, farfouille dans sa poche et en extrait son peigne en métal.

— Tiens, il est à toi, dit-il d'une voix solennelle. Utilise-le à bon escient.

Herman accepte timidement le peigne, à la fois lourd et agréable à tenir, qui brille dans sa main.

— Mais comment tu vas faire pour te coiffer ?

— Je passerai la tête par la cabine de la grue et le vent sera ma brosse à cheveux.

Puis il s'engage à vive allure dans la Munkedamsveien et, du même pas cadencé, disparaît derrière une nuée de pigeons qui s'envolent brusquement.

Herman avise, garée devant la Croix-Rouge, une

ambulance avec des rétroviseurs latéraux énormes. En se penchant pour observer son visage, voilà que la vision bizarroïde revient au galop : une espèce de gros tarin lui gomme le reste de la figure et lui fait office de nez, encore heureux qu'il ne ressemble plus à une pomme de pin. Il se passe le peigne dans les cheveux, ça lui écorche le cuir chevelu, ça lui fait mal, mais la douleur est peut-être le prix à payer pour avoir une coupe sensass. Herman se rend brusquement compte qu'il y a quelqu'un d'allongé dans l'ambulance : un vieillard d'au moins deux cents ans avec des yeux de verre dont les paupières ne clignent pas du tout, une bouche réduite à un trou dépourvu de dents, et une peau aussi bleue et tendue qu'un maillot de patinage. Herman prend ses jambes à son cou, remonte la rue en courant, sans pouvoir s'empêcher de penser à son grand-père dans son lit à baldaquin. Du coup, il ne sait plus où il en est dans son calcul. Autant avancer les yeux fermés. Son record de pas en n'y voyant rien plafonne à vingt-six, mais il l'a établi en plein milieu d'un champ l'été dernier. Il ferme les yeux et compte dans sa tête. Huit. Tout va bien. Quinze. Toujours pas mal du tout. Sauf que, arrivé à vingt-cinq, il est forcé de s'arrêter au stop. Il vient de toucher quelque chose de doux et qui crie. Il sort du noir et se retrouve les yeux dans les yeux avec un renard. Un peu plus en hauteur, un être humain aux cheveux bleus lui adresse la parole.

— Mais regarde devant toi, voyons, petit voyou !

Herman regarde dans la direction opposée, ses mains explorent le corps face à lui.

— Je ne suis pas un petit voyou. Je suis un aveugle qui s'est perdu.

Il reprend son chemin d'une démarche incertaine dans la Bygdøy allé. Trois voitures pilent devant lui, un bus manque de se garer à l'intérieur de la pâtisserie Møllhausen. Arrivé devant la librairie papeterie Langbrecke, il tourne au coin tandis qu'au loin lui parvient la sonnerie de la cloche annonçant le début des cours.

La cour de l'école est balayée par le vent, comme si les portes d'entrée étaient de gigantesques aspirateurs. Il n'y a pas un chat. Herman se faufile le long de la grille en se demandant ce qu'il va pouvoir inventer cette fois-ci. Tout est tellement silencieux. Peut-être qu'ils sont morts les uns comme les autres et qu'il est dispensé d'école, se dit-il. Mais quand il pénètre dans le couloir, il entend dans les salles de classe les élèves entonner un psaume, et ce brouhaha est un peu sordide, triste à pleurer en tout cas, presque aussi triste que dans *Florilège* quand les centenaires se voient dédicacer un morceau. Herman accroche sa veste peau de pêche au portemanteau, patiente une ou deux minutes le temps que le chant soit terminé, puis il frappe et ouvre la porte sans attendre la réponse du professeur. Planté au fond de l'estrade, le front déjà plein de craie, la baguette à la main qu'il tient comme une épée, Trois Tonnes le fixe avec intensité. Assise près de la fenêtre, Ruby semble sur le point de mourir de rire. Trois Tonnes fait un pas vers lui et Trois Tonnes en impose : c'est le plus grand professeur de l'école, il mesure la même distance en largeur qu'en hauteur, et la sienne, de hauteur, est phénoménale. Des rumeurs circulent comme quoi il aurait tiré l'oreille d'un élève de cinquième pendant quarante minutes en le tenant par la fenêtre du dernier étage – mais ça a dû se passer avant la guerre.

— Et quelle excuse as-tu à proposer aujourd'hui, Herman Fulkt ?

Il ne peut décemment pas dire qu'il est soudain devenu aveugle et s'est perdu dans la vieille ville car cet argument, il l'a déjà utilisé.

— J'ai dû sauver la vie d'une vieille dame qui était en train de se faire attaquer par un renard.

Trois Tonnes se rapproche de lui. Il tient à présent la baguette des deux mains, et si ça se trouve, elle va se casser en deux, pile maintenant. Il a des poings aussi gros que des choux-fleurs. Herman se demande ce que le margoulin en question avait bien pu fabriquer pour devoir se faire tirer l'oreille tout en étant suspendu par la fenêtre. Il sent ses intestins entrer en pleine rébellion.

— Un renard, tiens donc. Et tu l'as croisé où, ce renard ?

— Très exactement dans la Bygdøy allé.

— Dans la Bygdøy allé, voyez-vous ça. Tu peux peut-être nous raconter comment tu as triomphé de ce monstre ?

Le rire se dissémine lentement dans la classe, d'un pupitre à l'autre. Ruby n'arrive quasiment plus à se retenir. S'il y a bien une question qui turlupine Herman, c'est de savoir si le rire est une maladie ou pas, vu que sa mère dit toujours que le rire est contagieux.

— Quand j'ai foncé sur lui, le renard était déjà

mort. Il était accroché au cou de la vieille dame et il était empoisonné. Je peux aller aux waters ?

Ça y est, le rire les a contaminés tous sans exception. Ils sont là avec leur figure grande ouverte, un cratère d'où s'échappent une multitude de bruits différents. Certains sont tellement malades qu'ils sont forcés de marteler l'abattant de leur pupitre. Par contre, Trois Tonnes est en pleine forme, lui. Huit rides parfaitement horizontales viennent de lui surgir sur le front et il neige de la craie sur ses joues.

— Va t'asseoir, dit-il d'un ton exaspéré. Si tant est que tu arrives à te retenir.

— Je pense que ça devrait aller, merci. La cloche va bientôt sonner de toute manière.

Trois Tonnes est gratifié de trois nouvelles rides pendant qu'Herman se hâte de rejoindre sa place à la fenêtre. De là, il a une vue imprenable sur l'église. Il s'est toujours demandé ce qui était le plus haut : la flèche en cuivre doré ou la grue de son père ? Il mettrait sa main à couper que la deuxième proposition est la bonne, sinon, comment le clocher aurait-il pu se construire ? Ruby est séparée de lui de deux pupitres. Quand la lumière extérieure brille dans ses cheveux, ils semblent s'enflammer, comme le soleil par jour de beau temps donne un éclat de braise à la flèche en cuivre. Aujourd'hui, même les oiseaux doivent faire la queue pour s'installer dessus tant le ciel est couvert. Ça n'empêche pas Ruby d'avoir des cheveux aussi jolis que d'habitude. Herman aime bien la savoir assise devant lui. En revanche, l'idée d'en avoir trois autres derrière lui le réjouit nettement moins : Glenn, Bjørnar et Karsten. Ils ont déjà tabassé un petit cinquième, bouché les chiottes et fumé la moitié d'un paquet de Cooley. Avec trois gugusses pareils dans son dos, on ne se sent pas vraiment en sécurité, d'autant qu'on n'a pas d'yeux derrière la tête. Soudain, Ruby se tourne et lui tire la langue. On dirait une feuille rouge, sa langue. Herman ne peut pas se retenir, il éclate de rire. Trois Tonnes, qui l'a déjà dans le collimateur, soulève sa baguette, redresse sa lèvre inférieure et souffle la craie qu'il a sur le nez.

— Au tableau !

Herman s'avance lentement entre les pupitres. Il se demande sur quoi Trois Tonnes va l'interroger encore aujourd'hui : combien mesure le Monolithe, combien d'estomacs possède la vache et à quoi ils servent, ou encore toutes les étapes de la vie du sapin, de la forêt jusqu'au meuble. Herman se sent rétrécir ; bientôt, il n'atteindra même pas la hauteur de ses genoux. Quand enfin il arrive devant l'estrade, il a tellement rapetissé qu'il peut se regarder dans la chaussure droite de Trois Tonnes, ce qui au passage lui rappelle qu'il doit se faire couper les cheveux pas plus tard que tout à l'heure.

Herman voit atterrir dans sa main un bâton de craie aussi lourd qu'une bûche. Comment va-t-il se débrouiller pour atteindre le tableau ? Parce que, il ne voudrait pas dire mais ça ne sent pas forcément la rose près des pieds de Trois Tonnes. Peut-être qu'il va devoir dessiner l'Afrique, ou le bâtiment d'Eidsvoll avec tous les détails : les gens en train de signer la Constitution en 1814, le drapeau norvégien au sommet du bâtiment ; ou peut-être même qu'il se fera tirer l'oreille gauche en étant suspendu par la fenêtre ? Heureusement que leur salle de classe est au rez-de-chaussée.

— Dessine un I avec un point au-dessus ! ordonne Trois Tonnes.

Là, Herman a eu de la veine. Il grandit aussitôt d'au moins un mètre, touche le tableau avec la craie et forme un I impeccablement droit, surmonté d'un point solide comme un roc.

— Et ça, c'est quoi ?

— Un I avec un point au-dessus, répond Herman, satisfait de lui.

— Mais c'est que tu es un petit menteur en plus de ça !

Herman est confus, désarçonné. Ses yeux passent du tableau au professeur, puis reviennent à leur point de départ. Trois Tonnes se courbe au-dessus de lui jusqu'à former un point d'interrogation atteint d'indigestion.

— Je t'ai demandé de dessiner un I avec un point au-dessus.

— On n'a pas la mémoire courte.

— Et tu es insolent par-dessus le marché !

— Non, je suis Herman Fulkt !

Trois Tonnes semble renoncer. Il lui arrache la craie des mains, se penche sur le tableau où il dessine un deuxième point sur le I.

— Quand je vous demande de dessiner un I avec un point au-dessus, il faut qu'il y en ait *deux* ! Ne l'oubliez *jamais* !

— Ça ne manquera pas.

Herman trottine jusqu'à son bureau. En chemin, Ruby lui colle un bout de papier dans la main. Une fois qu'il s'est rassis, il le déplie en cachette et, la tête penchée, lit : « Tu aimes les cheveux roux ? Je t'embrasse, Ruby. »

La cloche sonne alors qu'il s'apprêtait à répondre, mais c'est trop tard : Ruby a couture et Herman atelier bois au sous-sol. Mieux vaut lui envoyer une lettre par avion demain, à moins de passer par l'intermédiaire d'un pigeon, si tant est qu'il arrive à en attraper un sur la place Olaf Bull.

Dans l'atelier bois, l'odeur de colle est si prenante qu'Herman en a presque le tournis. Deux seaux sont accrochés près du radiateur où la colle ressemble à de la gelée pourrie. Herman est en train de faire un herbier. Il a hâte d'être au printemps pour pouvoir aller cueillir des campanules à Bygdøy, et peut-être qu'à Nesodden il trouvera des anémones de bois et des myosotis. Carton-pâte n'a pas encore pointé le bout de son nez, il arrive toujours en retard ; à l'heure qu'il est, il est sûrement en train de fricoter avec la femme de ménage dans les vestiaires.

Soudain, Herman est encerclé par Glenn, Bjørnar et Karsten.

— Pourquoi tu vas pas en couture avec les filles ? demande Glenn.

Herman essaie de lever les yeux, mais ses paupières sont tellement lourdes qu'une seule grue ne suffirait pas à les soulever.

— Tu pourrais te tricoter une manique et t'essuyer le cul avec ! poursuit Karsten.

— Qu'est-ce qu'il y avait d'écrit sur le papier ? demande Bjørnar.

— Quel papier ?

Herman n'est pas vraiment doué quand il s'agit comme maintenant de mentir. Il a l'impression que sa lèvre inférieure retombe mollement et se transforme en filet à commissions.

— Le mot de Ruby, espèce de débile !

— J'ai pas reçu de mot de Ruby, moi.

La lèvre grossit, prend des proportions phénoménales, des béquilles seront bientôt nécessaires pour la maintenir en place.

— Arrête de bluffer ! le prévient Glenn en s'approchant de lui.

Glenn a une frange, un appareil dentaire, et prétend qu'il est capable de mâcher des bouts de verre.

— Le mot ? Ah oui, celui-là. C'était la liste des courses pour ma mère.

Sa lèvre est maintenant aussi lourde qu'une baignoire, il va être quasiment impossible de la faire tenir droite.

— Zou ! Fouille au corps ! s'écrie Karsten.

En l'espace de zéro virgule zéro seconde, les poches d'Herman sont retournées dans leur totalité. Bjørnar brandit le peigne en métal, Karsten agite un billet de cinq couronnes et Glenn a trouvé le bout de papier.

— « Tu aimes les cheveux roux ? Je t'embrasse,

Ruby. », hurle-t-il au point que les bagues de son appareil sont près de céder.

Le rire réapparaît d'un coup. Ils sont de nouveau tous contaminés et l'infection dure longtemps. Encore plus étant donné que Carton-pâte n'est toujours pas arrivé. Ce rire, songe Herman, c'est pire que la rougeole et la varicelle réunies. Mais soudain, les voilà instantanément guéris. Glenn saisit Herman par le bras.

— Alors, tu aimes les cheveux roux, Herman ?

Herman, les yeux rivés sur ses chaussures, prend son inspiration. Bjørnar pointe le peigne entre ses yeux comme s'il tenait un pistolet.

— Tu aimes les cheveux roux, oui ou merde ?

— Je déteste ! répond Herman qui sent sa lèvre inférieure traîner par terre et être envahie par des bestioles qui lui rentrent dans la bouche et qu'il n'arrive pas à recracher.

— Dis que Ruby est moche !

— Ruby est moche.

— Dis que Ruby a un nid d'oiseaux dans sa choucroute !

Herman tripote son herbier qu'il n'a toujours pas terminé, ça le gratte à l'intérieur de la tête.

— Ruby a un nid d'oiseaux dans sa choucroute.

Glenn le relâche et Karsten se positionne derrière lui.

— Maintenant tu vas mourir !

— Maintenant je vais mourir ! répète-t-il.

— Tu as une dernière volonté ?

— Que vous me rendiez mon peigne.

Bjørnar ricane et glisse le peigne en métal dans

l'herbier. Tandis que Karsten fait le guet près de la porte, Glenn introduit un morceau de carton sous le pull d'Herman et plante un couteau dedans de manière à ce qu'il lui transperce la poitrine.

— Il arrive ! chuchote Karsten.

— Couche-toi ! Tu es mort !

Herman se couche entre les bancs et ferme les yeux. Carton-pâte se pointe aussitôt après. Non content d'être aussi maigre qu'une tige de rhubarbe, Carton-pâte a des oreilles d'éléphant. Dans les jours de grand vent, il est obligé de les attacher avec un élastique de pot de confiture s'il ne veut pas être emporté par une rafale. Constatant le silence très inhabituel, il se fige, fouille la classe du regard, finit par apercevoir Herman. Il se cramponne à l'encadrement de la porte. La seconde d'après, il se précipite dans l'atelier, renverse au passage deux pots de colle, se met à crier en agitant les bras comme un volatile. Il s'effondre aux pieds d'Herman, veut retirer le couteau mais n'ose pas le toucher. Herman reste de marbre. Une odeur de parfum se dégage de Carton-pâte, à moins justement que ce ne soit une odeur de colle.

— Que s'est-il passé ? hurle-t-il.

Personne ne répond. Carton-pâte se penche à nouveau sur lui. Herman sent son nez le démanger. Éternuer n'est sûrement pas une idée de génie quand on a un couteau planté dans le cœur.

— Herman, tu m'entends ? C'est Fredrik Juell Johansen qui te parle. Tu m'entends, Herman ?

Bien qu'il l'entende à la perfection, Herman hésite

à répondre. Il est sans doute préférable de patienter encore un peu, que Carton-pâte retrouve son calme.

— Allez chercher l'infirmière ! hurle-t-il. Allez chercher l'infirmière !

Mais pas un ne lève le petit doigt, pas un ne décroche un mot. Carton-pâte prend la main d'Herman, pose une de ses oreilles en feuille de chou contre la bouche d'Herman. Ça chatouille.

— Herman... Herman... Ne bouge pas... Les secours ne vont pas tarder... Tu es encore en vie... Pas de panique... Herman... Comment te sens-tu ?

Herman rouvre les yeux. Sa pupille se dilate au creux de l'oreille gigantesque de Carton-pâte, celle-ci ressemble à l'intérieur d'une coquille de moule qui aurait triplé de volume.

— Merci, on se porte comme un charme.

Le visage du professeur se ratatine, ses yeux cherchent confusément un appui introuvable. Ignorant son regard, les élèves sifflotent l'air du *Pont de la rivière Kwaï*. Herman se relève lentement, regagne sa place, retire le couteau si bien que le morceau de carton tombe par terre.

Aucun n'arrive à siffler juste. Le rire dégouline de leur visage, fait apparaître des cloques sur le mur. Mais soudain, plus personne ne rit. Un bruit très différent leur parvient et ce bruit les effraie, les trouble. Agenouillé par terre, Carton-pâte pleure. Il chiale comme un gamin, les mains ballantes contre sa blouse recouverte de poussière, et n'essaie même pas de dissimuler ses larmes.

Sur le chemin du retour, Herman se rappelle qu'il a rendez-vous chez le coiffeur, ça lui était sorti de la tête. Il préférerait de loin prendre le premier ferry jusqu'en Australie ou, à défaut, le tramway pour Disen, tout là-bas en banlieue. Dans l'avenue Skovveien, il aperçoit la dame qui ne peut presque plus marcher parce qu'elle a les jambes rongées par les termites. Il a entendu parler de gens avec des fourmis dans les jambes mais ça, ça doit être pire que tout. Elle avance d'une démarche chancelante en s'aidant de deux béquilles ; à chaque pas, elle tremble des pieds à la tête. Herman se demande comment les termites se sont débrouillés pour pénétrer dans ses jambes. Peut-être qu'elle les a avalés par accident ? Elle a l'air triste, tellement triste. Herman change toujours de trottoir quand il la croise.

Dans la Bygdøy allé, les marrons tombent sur le bitume comme de gros grêlons. Herman en ramasse une petite cargaison qu'il range dans son sac. Il est toujours bon d'en avoir chez soi, surtout en hiver. Après quoi il file chez le coiffeur.

Tout bien réfléchi, se faire couper les cheveux chez le Gros n'est pas si désagréable. Le Gros a en permanence les cheveux mouillés et une petite moustache noire. Le mieux, c'est encore quand il appuie sur la pédale et que le fauteuil monte, monte, monte… Là, Herman a l'impression que son rêve de devenir conducteur de grues se réalise. Sans compter qu'il aime bien observer les peignes quand ils trempent dans l'eau bleue, ou les affiches publicitaires pour le gel Cheseline et la pommade Bryl qui permettent de fixer une banane, ou les photos des amoureux avec les cheveux ondulés et leur visage rayonnant.

— Et comment tu les veux aujourd'hui ? demande le Gros une fois qu'il a fini d'appuyer sur la pédale et qu'il est déjà en sueur.

— Je crois que je les veux comme mon frère.

— Et comment il les a, ton frère ?

— J'ai pas de frère !

Ils ricanent pendant un bon moment. Après avoir aiguisé une paire de ciseaux, le Gros entortille entre ses doigts les cheveux d'Herman qu'il commence à couper tout en chantant une mélodie souvent diffusée à *Florilège* – pas un psaume, heureusement.

Le miroir a cela d'époustouflant qu'il fait face à un autre miroir plaqué sur le mur derrière, là où d'ailleurs se tiennent les dames avec leur casque d'astronaute sur la tête, si bien que quand il se regarde, Herman se voit assis dans le fauteuil de barbier, puis reflété à l'infini dans une centaine de pièces qui vont en rétrécissant, jusqu'à former un point ridicule pas plus gros qu'une mouche. Il y a tant de choses bizarroïdes chez le coiffeur : le repose-pied, le papier en crêpe qui gratte dans le cou, cette espèce de bavoir très lourd sur lequel viennent s'entasser les mèches blondes. Et si Herman devenait barbier quand il sera grand ? Plutôt ça que prof de travail manuel.

Soudain, le Gros s'arrête. Herman bascule la tête en arrière, ce qui lui offre une vue imprenable sur les narines du coiffeur ; il doit y avoir de la place pour au moins huit marrons dans chacune d'elles. Le Gros remet sa tête en place, donne quelques coups de ciseaux, mais suspend de nouveau son geste pour lui explorer le crâne. Herman se demande souvent qui coupe les cheveux du Gros, qui arrache les dents du dentiste, ou qui opère le docteur de l'appendicite. N'empêche : c'est tout de même incroyable que le Gros lui examine le cuir chevelu sur toutes les coutures. Herman n'est pas très rassuré. Si ça se trouve, il l'a tondu au point d'être capable de lire dans ses pensées. Ce serait le pompon !

Le Gros se redresse enfin, attrape un peigne mouillé et lui confectionne une raie qu'il plaque à l'horizontale.

— On dit que c'est bon pour cette fois, Herman ?

— On va dire que c'est bon pour cette fois, le Gros.

— Tu peux prévenir ta mère que j'aimerais bien lui toucher un mot à propos de quelque chose ?

— Mais elle vient juste de se faire faire une mise remplie.

— Ça s'appelle une mise en plis, Herman. Je voudrais quand même lui parler.

— Pas de problème, le Gros.

Vient alors son moment préféré : quand il lui enlève les petits cheveux coincés dans le cou avec une brosse en poils de lama des montagnes du Pérou.

Herman glisse au fond de sa poche les deux couronnes qu'il reçoit en échange de son billet de cinq, et il sort. Le vent est glacé sur sa coupe légèrement humide. Un marron ne trouve rien de mieux que de dégringoler dessus sans demander la permission, y reste presque collé. Herman est obligé de secouer la tête pour le déloger et, ce faisant, il sent ses cheveux fins lui balayer le front. Dans ces conditions, il ne lui reste plus qu'à se camper devant la glace à trois facettes de la vitrine et à sortir son peigne pour se recoiffer. Au même moment, la figure du Gros apparaît derrière la glace, et sur ses yeux qui le fixent se superpose un voile de morosité, une tristesse quasi identique à celle de la Dame aux termites. Il a sûrement besoin de réconfort. Herman brandit son peigne pour que le Gros, qui n'est pas la moitié d'un curieux, puisse le voir de près. Celui-ci esquisse un sourire, ni convaincu ni convaincant.

Herman range le peigne dans sa poche et pique un sprint dans la Bygdøy allé.

Dans l'épicerie de Jacobsen, il trouve sa mère derrière le comptoir. Elle a une tout autre allure qu'à la maison : elle porte un tablier blanc et ses cheveux sont attachés sous un filet qui ressemble à une toile d'araignée. Posté devant la caisse, Jacobsen junior en personne, dont les gens disent qu'il ressemble à un célèbre acteur américain. Il a les cheveux noirs ramenés en arrière et sur le menton une fossette qui n'a pas souvent l'occasion de se creuser étant donné qu'il ne sourit presque jamais, à part quand une grosse somme est en jeu. Plusieurs stylos s'entassent dans sa poche de poitrine.

Herman ne peut s'empêcher d'aller à la machine à café. Il ferme les yeux en reniflant au maximum l'odeur qui s'en dégage. S'il pouvait se souvenir de ses rêves, ils auraient cette odeur.

Sa mère s'approche de lui. Elle aussi a un crayon, mais derrière l'oreille.

— Tu es drôlement bien coiffé, dis donc.

— Merci du compliment.

Jacobsen junior tape un montant sur sa caisse et s'éclaircit la voix bruyamment en jetant un regard circulaire. Il a dû au moins vendre un kilo de viande hachée, ou peut-être une côtelette. Quand les clients n'achètent que du crack-pain et du sel, il est loin de se racler la gorge. Sans parler des bouteilles consignées que les gens rapportent. Là, il quitte carrément le magasin et s'enferme dans l'arrière-boutique où il y a la radio et des journaux étrangers.

— Vous avez été attaqués aujourd'hui ? demande Herman.

— Non, si ce n'est un chien qui a fait pipi sur les têtes de chou. On est obligés de les vendre à moitié prix.

— Qu'est-ce qu'on mange ce soir ?

— Du poison et des mottes de père.

— Avec du chocolat fondu ?

— Bien sûr ! Au fait, tu n'as pas oublié grand-père ?

— Grand-père ne sera pas oublié.

Sa mère pose sur le comptoir un carton dont Herman connaît d'avance le contenu comme s'il l'avait rempli lui-même : six pommes vertes, huit carottes, cinq boulettes de poisson, une bouteille de lait et deux tablettes de chocolat. Son grand-père pète la santé et il est frais comme un gardon.

— Le Gros veut te causer.

— À moi ? Mais pourquoi ?

— Il veut te couper la mise en crise.

— Arrête de dire des bêtises, Herman.

— Mais je te dis pas de bêtises ! Le Gros veut te parler.

Après lui avoir posé le carton entre les bras, elle le pousse vers la porte. C'est le moment que choisit la Caisse des Consignations pour débarquer et Jacobsen junior pour s'éclipser. La Caisse des Consignations, deux filets remplis de bouteilles vides dans les mains, tremble tellement qu'on croirait entendre une fanfare en pleine répétition trois semaines avant le défilé de la Fête nationale, le 17 mai.

— Toi aussi t'as des termites dans les jambes ? lui demande Herman.

Il n'a pas le temps de répondre car ses genoux flanchent. Il s'affale par terre, gisant dans une montagne de bouteilles. Les gens ont décidément un comportement pas ordinaire aujourd'hui, se dit Herman en se précipitant dehors. Il entend la Caisse des Consignations hurler dans le magasin.

— Je n'ai pas de termites dans les jambes ! Je n'ai pas de termites dans les jambes ! Faites-les partir ! Faites-les partir !

Puis il entend la voix de sa mère :

— Mais bien sûr que non, Frantsén. Bon, maintenant on va compter vos bouteilles et voir combien ça nous fait aujourd'hui.

Heureusement, le grand-père d'Herman habite à deux pas : il faut traverser les rails de tramway, passer devant le kiosque à saucisses et, la rue d'après, descendre vers les voies de chemin fer. Quand on loge au troisième et dernier étage comme lui et qu'on n'a plus les jambes très solides, ça fait beaucoup de marches à monter. Herman a décidé de lui acheter un ascenseur le jour où il en aura les moyens.

La porte de l'appartement étant toujours ouverte, il entre. Elle donne sur un vestibule étroit où des photos sont accrochées sur le mur. L'une d'elles montre les parents d'Herman dans un bateau sur le point de se retourner. Ils étaient nettement plus jeunes à cette époque et Herman ne sait pas trop si ce cliché lui plaît ou pas. Une autre photographie le représente, assis sur une bouée grosse et moche, hurlant, la tête aussi brillante qu'un ballon bleu. Il ne se rappelle pas avoir jamais ressemblé à ça, il a dû y avoir erreur sur la personne.

Dans la pièce suivante se trouve son grand-père, étendu dans un lit à baldaquin surmonté d'un ciel de lit rouge, qu'il n'a plus quitté depuis la mort de sa femme, décédée juste avant la naissance d'Herman. Les jambes de grand-père sont aussi fines que des crayons, elles ont déjà fait leurs derniers pas, comme a l'habitude de dire la mère d'Herman à propos des samedis. Toujours est-il qu'en position allongée il est installé confortablement, et tant pis si ça ne sent pas forcément très bon chez lui. Après avoir ouvert la fenêtre, Herman pose les commissions sur la table de nuit qui fait aussi office de table de jour. Le premier geste que fait grand-père consiste à boire du lait, à la bouteille. Herman va vider le pot aux toilettes. À son retour, quatre boulettes de poisson ont été englouties et son grand-père semble content de lui. Le tic-tac de la vieille horloge posée dans l'angle de la pièce résonne comme d'habitude.

— On a le temps de discuter un peu tous les

deux aujourd'hui ? chuchote-t-il en posant sa main malade sur le bras d'Herman.

— J'ai un rôti de bœuf dans le four.

C'est la réplique attitrée de sa mère, quand des vendeurs ou les mormons frappent à la porte. Grand-père rit longuement dans sa barbe, même s'il n'en a pas. Réflexion faite, ce n'est pas si mal, un lit à baldaquin – peut-être que dedans, on se souvient de ses rêves.

— Qu'est-ce que tu as fait aujourd'hui, Herman ?

— J'ai menti. Et plusieurs fois, même.

— Ce n'est pas joli-joli, ça. Mais demain, tu diras la vérité.

— Sauf que je sais pas si je suis assez fort.

— Ne me sors pas tes excuses à la noix.

— Excuse-moi.

— Pourquoi tu as menti ?

— Glenn, Karsten et Bjørnar m'ont forcé. Ils m'ont planté un couteau dans le cœur si bien que je me suis retrouvé par terre, raide mort.

— Ça change la donne, dans ce cas. Je me souviens qu'il m'est arrivé de mentir, une fois. C'était en Turquie, pendant la guerre. Ils m'ont enlevé huit ongles. Après, crois-moi, j'ai parlé. Mais ça compte pas.

Le grand-père n'a plus un poil sur le caillou, à part trois dans chaque oreille – pas vraiment de quoi se vanter. D'autant que, comme leurs camarades avant eux, ils sont prêts à tomber. Son crâne est aussi noueux que du granit, et il a presque la même couleur d'ailleurs. Mais Herman ne peut pas lire dans les pensées de son grand-père, ce qui le rassure vu qu'il se demande souvent si sous ses cheveux, ça a cette apparence-là. Pas facile à dire. Son grand-père est certainement le plus vieil homme du monde entier. Il y a des choses pas banales dans la vie, parfois, comme celle-ci par exemple : les nouveau-nés comme les vieillards sont quasiment chauves.

— Et je t'ai raconté la fois où j'ai dégringolé en bas d'une échelle avec un pot de peinture dans chaque main ?

— Oui.

— Je me rappelle que j'avais du bleu et du jaune, mais ce que j'étais censé peindre, en revanche, ça m'est sorti de la tête.

— Tu devais peindre les encadrements de fenêtre au premier étage de la maison de Nesodden.

— Heureusement que c'est sur de l'herbe que je me suis ramassé la figure. Toute la peinture m'a dégouliné dessus ! J'étais vert… Hé, hé ! Comme c'était au moment de la Saint-Jean, ils ne m'ont retrouvé qu'à la fin de l'été… Tu veux la dernière boulette de poisson ?

— J'ai pas le droit de manger entre les repas.

— Ben je la prends, alors. Mais sans ça, à cette époque, je pétais la santé et j'étais encore frais comme un gardon. Qu'est-ce que tu regardes, Herman ?

— Ta tête. Pourquoi tu n'as plus de cheveux ?

— Parce que je vais bientôt mourir. C'est comme l'automne, tu vois. Les feuilles tombent.

— Et à la fin, tu seras l'hiver, alors ?

— Oui. Un très très long hiver.

Quand Herman rentre à la maison, il entend sa mère faire tomber deux assiettes, ce qui signifie qu'il y a de l'eau dans le gaz. Son père, sur le seuil de la porte de la salle de bains, une serviette sur l'épaule, le regarde fixement comme s'ils ne s'étaient jamais vus.

— Tiens, coucou, Herman ! dit-il enfin – mais sa voix est différente, comme s'il parlait dans un pot de fleurs vide.

Il ne faut pas cinq minutes à Herman pour comprendre : du haut de sa grue, son père n'a rien loupé de la scène, il a vu qu'Herman avait menti comme un arracheur de dents à propos de Ruby.

— C'était pas le but, marmonne-t-il

— Qu'est-ce qui n'était pas le but ? demande son père doucement.

— Tu m'as vu. C'est ça, hein ?

Son père devant se creuser les méninges, il s'enveloppe la tête dans la serviette. Puis ses deux yeux apparaissent dans un trou du tissu.

— Je ne t'ai pas vu de toute la journée. Il y avait trop de nuages. Par contre, j'ai aidé un avion à se poser sur le tarmac de l'aéroport.

Il lui jette la serviette à la figure.

— Mais non, c'est pas vrai ce que je te raconte. Je n'ai même pas vu d'avion. Juste un oiseau. Je lui ai donné une miette de pain.

La mère d'Herman s'approche d'eux, des cernes sous les yeux et des taches de brûlé sur le visage.

— Pas besoin de faire ta toilette ce soir. Le dîner est servi.

— Mais toi tu ferais mieux de la faire, rétorque Herman en riant et en lui lançant la serviette.

Le gratin de poisson a pris un sérieux coup de

soleil et les pommes de terre sont pour ainsi dire réduites à l'état de purée. Herman regrette de ne pas avoir mangé entre les repas chez son grand-père. Sa mère n'a pas l'air très affamée elle non plus. Elle raconte d'une traite sa journée, comme quoi la Caisse des Consignations prétendait que ses bouteilles étaient pleines de termites et que Jacobsen junior a reçu la visite d'une dame vêtue d'un chapeau à large bord et d'une jupe longue.

— Tu es malade, maman ?

Elle se tourne d'un geste brusque vers lui et le regarde d'un drôle d'air.

— Malade ? Pourquoi tu me poses cette question ?

— Tu ne manges rien.

— Elle fait un régime, répond son père.

Elle lève les yeux, se sert une part de gratin brûlé et continue de parler, la bouche pleine.

— Dis que je suis trop grosse pendant que tu y es !

— Je pourrais te soulever à la force d'un seul doigt, se vante-t-il, sans pour autant allier le geste à la parole, heureusement.

— Tu pourrais peut-être hisser grand-père, avec ta grue… Ça lui donnera l'occasion de toucher le sol, propose Herman.

— En voilà une idée qu'elle est bonne. Qui demande quand même d'être soigneusement préparée.

— On aura qu'à le faire passer par la fenêtre. Mais il faut s'y prendre avant l'arrivée de l'hiver.

— Au fait, comment est-ce qu'il allait aujourd'hui, ton grand-père ? demande sa mère.

— Il est frais comme un gardon.

Son père se lève pour débarrasser la table, fait tomber sa fourchette, se penche pour la ramasser, mais un verre lui échappe.

— T'as parlé au Gros? demande Herman, préférant regarder sa mère plutôt que son père, rouge comme une tomate, à quatre pattes sur le lino, essayant de récupérer tous les morceaux de verre.

— Oui oui, je lui ai parlé. Où as-tu mis la monnaie?

— Je crois bien que je croyais que tu l'avais oubliée…, rit Herman.

— En fait tu as raison, je l'ai oubliée. Achète-toi ce qui te fera plaisir.

Herman la dévisage sans comprendre.

— On a les moyens? demande-t-il, confus.

— Ne t'inquiète pas pour ça.

Son père se redresse brusquement et manque de se cogner la tête au plafond.

— J'ai discuté avec le patron. Non pas que j'aie besoin de lui demander la permission, mais si tu veux, tu pourras m'accompagner en haut de la grue un de ces jours. Qu'est-ce que tu en dis?

Herman ne sait pas mais alors pas du tout quoi en dire. Néanmoins, il ne veut pas vexer son père.

— Génial! Comme ça je pourrai voir mon dos.

Son père jette les bris de verre à la poubelle et file se rasseoir.

— Et après on ira à la pêche à l'anguille!

Herman regarde ailleurs. Son père se penche sur

la table et agite les bras pour montrer la taille de la bestiole.

— Sur le quai Fred Olsen ! C'est là qu'on trouve les plus belles. Parce que les égouts se vident pile à cet endroit.

— Bon, c'est fini, oui ? crie la mère d'Herman en se levant d'un bond.

Son père leur jette à tour de rôle un coup d'œil dépité. Herman comprend qu'il doit venir à sa rescousse.

— C'est d'accord. À condition que je n'aie pas besoin de les étouffer.

Son père a un sourire de soulagement.

— On ne les étouffera pas, Herman. On utilisera des clous. De trois pouces. En plein dans la cervelle ! Et toc !

Sa mère a déjà trouvé refuge dans les autres pièces.

La soirée se poursuit sur le même air : bizarre. Son père soupe sans faire sa toilette et sa mère ressort un bonnet qu'elle avait commencé à tricoter l'année dernière. Hermann se dit qu'il vaut mieux leur souhaiter une bonne nuit tout de suite. Il emporte les marrons dans son lit car s'il y a quelque chose qu'il adore, c'est de les étaler devant lui. Et dire qu'un fruit aussi lisse et rond peut trouver à se loger dans une bogue aussi moche et pleine de piquants… C'est à peine croyable. Il les pose sur son oreiller et en met un dans sa bouche.

Au même moment, sa mère entre dans sa chambre et s'assied sur son lit sans faire de bruit.

— Tu manges les marrons, maintenant, Herman ?

— Che les goûte cheulement.

Elle caresse ses cheveux en suivant d'un doigt la ligne de la raie. Il éclate de rire et recrache le marron qui atterrit contre le globe, en plein sur l'Amérique.

— T'es drôlement bien coiffé, dis donc.

— Ouais, pas si moche.

— Tu as fait tes devoirs ?

— Non et non et trois fois non.

— Ce n'est pas grave. Tu n'iras pas à l'école demain. Il faut qu'on aille faire un petit tour chez le docteur.

Herman, les idées soudain bien en place, se redresse dans son lit.

— Tu es malade, maman ?

Elle pose un doigt sur son front et appuie dessus pour qu'Herman se recouche.

— Le docteur veut simplement nous examiner un peu. Rien de bien grave.

Quand elle lui parle sur ce ton, Herman est encore plus angoissé.

— C'est pas l'appendicite ? demande-t-il.

— Pourquoi, tu as mal au ventre ?

— Peut-être. Mais je voulais pas la manger, en fait, cette feuille.

— Tu as mangé une feuille, Herman ?

— Oui. Entre les repas. Au Parc de Frogner. Elle m'est tombée dans la bouche, toute seule.

— Mais tu l'as recrachée au moins ?

— Après, oui. Maman... Tu en as déjà mangé, des feuilles ?

— Un jour j'ai mangé de la résine. Mais c'était il y a longtemps. Avant ta naissance.

— T'inquiète pas, maman, on va s'en sortir.

Elle lui caresse les cheveux pour la deuxième fois, puis examine ses doigts. Ça y est, ça la reprend, elle se comporte encore bizarrement. Herman ferme les yeux et fait semblant de dormir. Mais dès qu'elle a éteint la lumière et refermé la porte, il se lève, va à la fenêtre et regarde à travers le rideau, un marron dans une main. Le globe brille d'une lumière jaune foncé, et la lune dans le ciel noir est blanche et ronde. Peut-être que la lune n'est autre que l'œil du vent, songe Herman. Dans ce cas, la lune est une pirate avec un bandeau sur l'autre œil.

Herman se glisse au fond de sa couette, un peu terrifié à l'idée d'accompagner sa mère chez le docteur. Chez lui, il y a toujours une odeur de danger qui flotte dans l'air. Au moins, il n'ira pas à l'école ; c'est toujours ça de gagné. Si ça se trouve, sa mère est malade en ce moment, ne dit-elle pas à certains moments que tel ou tel truc la rend malade ? Herman l'entend parler à voix basse dans le salon, comme si elle avait un secret à raconter. Peu après, il entend son père aller chercher la bouteille rangée tout en haut du coin cuisine, alors que pourtant on est mardi. Il est peut-être forcé de se mettre un doigt au fond de la gorge les mercredis aussi.

Juste avant de s'endormir, Herman décide que cette nuit, il se souviendra de ses rêves. Mais tout ce dont il se souvient au bout du compte, c'est de la lune, du crâne chauve de son grand-père, et des marrons. Et ça, ce n'est pas un rêve.

4

Quand sa mère le réveille, il tient toujours le marron dans sa main. La lune s'est glissée hors du ciel et son père est parti sur le chantier depuis belle lurette. Il est plus de dix heures. Jamais Herman n'a autant dormi un mercredi, excepté l'été où il a appris à nager et qu'il a eu la varicelle. Sa mère, dans une robe bleue à pois blancs, lui apporte le petit déjeuner : une tartine de pain grillé avec de la confiture d'oranges sans morceaux, et un sachet de thé en provenance directe d'Inde. Elle n'a pas l'air très malade et ne semble pas très pressée non plus. Elle va chercher un grand verre d'eau qu'elle lui demande de boire lentement.

— Le docteur va faire un prélèvement de ton urine. Essaie de te retenir jusqu'au rendez-vous.

— Qu'est-ce qu'il va en faire ?

— Tous ceux qui vont chez le docteur doivent faire pipi.

Herman en boit la moitié et donne le reste à sa mère.

— Il vaut mieux que tu en boives une goutte toi aussi.

Elle vide le verre en quatre gorgées. Elle tient

ensuite à assister à la toilette d'Herman, en observant méticuleusement chacun de ses gestes. Il est contraint de mettre son pantalon gris qui pique et la chemise qu'il ne porte que pour le défilé du 17 mai et le soir de Noël. Il est plus serré dedans que la dernière fois. C'est toujours bon à savoir. Quand il a fini de s'habiller, elle se poste derrière lui et le coiffe avec sa brosse à elle, celle qui ressemble à un hérisson aux piquants ramollis. Herman sort son peigne en métal mais en le voyant, elle a soudain une drôle d'expression sur le visage, puis elle le pousse dans l'entrée où l'attend sa veste peau de pêche.

— Devine ce qu'on va manger ce soir ! dit-elle à toute allure.

— Du pachyderme entier ?

— Non !

— Des carbonades de poison et des poux.

— Non !

— Je donne ma langue au chien.

— Du poulet !

Herman pense au poulet tout le long du chemin. C'est fou le nombre d'événements qui lui arrivent rien qu'aujourd'hui, pense-t-il aussi. Il tient sa mère par la main. Elle a mis des gants dont le cuir est tout doux et elle porte un chapeau sur la tête. Dans la Bygdøy allé, les marrons continuent de tomber comme des petites bombes vertes. Les arbres alignés en rang d'oignons ont l'air si triste d'un seul coup. Ils seront bientôt complètement dénudés et ils auront sûrement très froid. Herman oublie le poulet pendant une seconde. Ses pensées vont vers son grand-père. Est-ce qu'il a froid lui aussi ? Est-ce qu'il grelotte dans son lit à baldaquin ?

Le cabinet du docteur est situé juste à côté du cinéma de Frogner. *Zorro* est programmé cette semaine.

— Peut-être que ton père t'y emmènera, samedi. À la séance de cinq heures.

— Peut-être ?

— Assurément !

Ces réjouissances à venir tourneboulent tellement Herman qu'il en caracole de joie comme le cheval qu'il fait semblant d'être. Il galope sur le trottoir, respire bruyamment par le nez, et il s'en faut de peu que Zorro ne descende de son affiche pour le suivre. Mais une fois qu'ils montent l'escalier de guingois, il oublie Zorro et le poulet. Sa mère n'a pas l'air mieux loti que lui, elle tremble un peu, et avec ces marches toutes de traviole, elle va sûrement tomber de haut, comme dit son père chaque fois qu'il rentre énervé du foot parce que la Norvège a perdu alors qu'il ne s'y attendait pas. Plus ils se rapprochent de l'étage du docteur et plus ça schlingue : ça sent les vieux appendices, les pieds amputés trempés dans le formol, les panaris. Herman s'arrête net et enfouit son visage dans le manteau de sa mère.

— Mais qu'est-ce qui t'arrive, mon chéri ?

— Je veux pas y aller !

— Mais le docteur ne va pas te faire de mal. Il veut juste nous ausculter un peu. Et tu sais ce qu'on aura en dessert, ce soir ?

Herman sort la tête du tissu, lève les yeux vers sa mère et le vertige le reprend. Si ça continue, c'est lui qui va tomber de haut. Il se dit qu'à ce train-là il n'est pas près de devenir conducteur de grue.

— Du râteau au cocholat ?

— Non !

— Des crêpes au macramel ?

— Non !

— Je donne ma langue au chien.

— De la crème glacée !

Il va falloir la jouer finement sur ce coup-là, en faisant attention de ne pas trop se goinfrer de poulet, sinon il n'aura plus de place pour la glace. Il prend la main de sa mère et la serre très fort.

— N'aie pas peur, maman. Tout va bien se passer.

Aussitôt qu'elle a ouvert la porte de la salle d'attente, Herman perd ce qui peut ressembler de près ou de loin à de l'appétit, et ça ne servirait à rien de promettre une récompense à qui le retrouverait. Des gens excessivement malades, les yeux accrochés aux murs vert caca d'oie, les fesses collées sur des chaises branlantes, se tordent tellement les doigts que ça sent le brûlé. La mère d'Herman leur trouve une place dans le coin. Le silence est aussi profond que dans une tombe, songe Herman en répétant une phrase que dit souvent son grand-père quand il parle de sa grand-mère. Un homme quasiment décapité est installé à côté de lui. Il observe ensuite une dame à moustache avec un bras seulement qui essaie de se tartiner la bouche de rouge à lèvres mais rate son coup chaque fois. Enfin, assis par terre, un chauffeur de tramway qui a perdu un doigt à Majorstua. Les murs sont tapissés d'affiches où des infirmières massives exhibent des bouteilles d'huile de foie de morue et des seringues plus gigantesques encore que la statue du Monolithe. Herman préfère se cacher les yeux, bien que rien ne lui échappe à travers ses doigts. Soudain, la porte s'ouvre sur un agent de police. Il entre en boitant. Il était sûrement en pleine forme avant de débarquer ici, Herman en mettrait sa main à couper, enfin pas tout à fait quand même. Il plonge son visage entre les genoux de sa mère et fait semblant de rêver – mais ce rêve-là, il ne tient absolument pas à s'en souvenir.

Le silence se réinstalle, encore plus profond que dans une tombe, au point qu'on entend la trotteuse d'une montre de femme à Tokyo. Herman, c'est plus fort que lui, lève une paupière, et ses yeux ne découvrent nul autre que le docteur. Il n'a pas l'air de trop savoir sur quel pied danser, et, à les voir fuir du regard, personne dans la salle d'attente ne fait mine de vouloir l'aider. Alors qu'il a pourtant atteint une telle profondeur qu'on entend une pomme tomber à Nesodden, le silence est brusquement rompu par une véritable pétarade, émise par les narines du docteur en train de se moucher dans ce qui ressemble à un drap, aussi persistante que tonitruante puisque son nez en ressort tout brillant et qu'il crie pour assourdir son propre vacarme :

— La famille Fulkt !

Sa mère doit traîner Herman jusque dans le bureau du médecin dont la porte, une fois refermée, empêche tout retour en arrière. Dans le coin le plus proche se tient une infirmière atteinte d'une quinte de toux qu'elle dissimule derrière un sourire. Dans le second coin, une armoire contenant une épée très tranchante et des bandages. Dans le troisième, un matelas enveloppé dans du papier. Dans le dernier : Herman. À l'inverse du reste, lui ne tient ni très bien sur ses jambes, ni très droit. La seule chose agréable à regarder se résume à la plante verte sur le rebord de fenêtre, si haute qu'on dirait un palmier. Car sinon, l'odeur dans cette pièce est plus intenable que là où elle est la plus irrespirable. C'est sans doute la raison pour laquelle l'infirmière tousse et le médecin se mouche. Voilà d'ailleurs qu'il se penche sur Herman qui, apercevant son reflet dans l'extrémité du nez du docteur, reconnaît du même coup son visage biscornu de l'autre jour : il ressemble à un poisson qui voudrait sortir d'un aquarium. Herman ne sait plus trop qui croire… Peut-être qu'en réalité il n'est pas du tout frais comme un gardon.

La voix au-dessus de la blouse blanche se met à parler :

— Comment va-t-on aujourd'hui ?

— Visiblement, on ne pourrait aller mieux, chuchote Herman en roulant des yeux vers sa mère dont les mains sont en proie à des gesticulations frénétiques, à croire qu'elle aussi est enfermée dans un aquarium.

— Et quel âge ça te fait, tout ça, hein ?

Le docteur s'exprime d'une manière bizarre, comme s'il confondait Herman avec un caniche.

— Oh… Je crois bien que je me suis arrêté de compter. Ce qui est sûr, c'est que je fêterai mon anniversaire l'année prochaine.

Le docteur éclate de rire, mais doit aussitôt se réfugier derrière son mouchoir.

— Je n'arrive jamais à me souvenir de mon numéro de téléphone, peste-t-il.

— Pas grave, on n'a pas le téléphone.

La mère d'Herman rougit jusqu'aux oreilles tandis que le médecin ne peut retenir son rire. Il se rapproche. Il sent les pastilles contre la toux.

— Tu ne veux pas t'asseoir, pour que je puisse t'examiner un peu ?

— Tu m'examines très bien de là où tu es.

— D'accord, d'accord.

— Et pas de piqûre, hein !

— Promis.

Herman attire sa mère vers lui.

— Je crois qu'il veut m'ausculter en premier. C'est peut-être contagieux.

Elle le regarde d'un air désemparé, s'apprête à parler, mais ravale ses mots avec un soupir dont le souffle balaie les cheveux d'Herman. Il comprend qu'elle appréhende son tour. Il voudrait la rassurer en lui rappelant qu'ils auront du poulet et de la crème glacée au dîner, mais elle est déjà occupée à lui ôter sa chemise et son maillot de corps. Le docteur lui pose un bitonio glacé dans le dos en lui demandant d'inspirer et d'expirer bouche ouverte. Jusqu'ici, tout va bien. Sa mère, toujours à côté, lui sourit. Pourtant, il y a quelque chose qui cloche dans ce sourire, comme s'il était retenu par des élastiques de pots de confiture.

Le docteur se redresse et retire les écouteurs de ses oreilles.

— Je vais bientôt mourir ? demande Herman.

— Ne dis pas de bêtises ! s'écrie sa mère.

— Je suis sûr que tu pètes la santé et que tu es frais comme un gardon, sourit le médecin avant de se moucher.

— Oh c'est marrant, mon grand-père dit toujours ça lui aussi. Mais bon, c'est bientôt l'hiver…

Sa mère s'assied, découragée, et le docteur n'a pas l'air plus avancé derrière son mouchoir.

— L'hiver ? Tu vas faire du ski, alors ?

Herman n'a pas envie de répondre. Il grelotte. Pas étonnant qu'ils soient tous enrhumés ici. Après s'être muni d'une loupe, le docteur se penche pour enfouir ses doigts dans les cheveux d'Herman et lui fouiller le cuir chevelu. Et il en met du temps. C'est pas croyable la curiosité des gens en ce moment… Qu'est-ce qu'ils lui veulent à la fin ? Comme tout à l'heure, on n'entend plus une mouche voler. Le silence est cette fois tellement profond qu'il entend Trois Tonnes casser une craie pendant la troisième heure de cours. Quand il a enfin terminé son inspection, le médecin provoque un vrai ouragan en se retournant pour éternuer.

— J'ai des poux ? demande Herman.

— Mais pas du tout ! réplique sa mère. Comment peux-tu dire une chose pareille ?

— L'année dernière, Bjørnar en a eu. Six cent trente-deux, même !

L'infirmière, qui vient elle aussi d'adopter la manie d'éternuer, lui tend un flacon évasé.

— Et maintenant, on a besoin d'un petit échantillon de pipi. Tu nous en as gardé un peu ?

— On le garde depuis un sacré bail !

Herman se retourne, défait ses boutons et vise. Puis ça vient. Et il en vient beaucoup. Ça monte, ça monte toujours, ça arrive presque au bord. Il se met à trembler des épaules.

— Tu as fini ? demande sa mère, anxieuse, derrière lui.

— Pas encore, siffle Herman.

Et ça continue. Et ça n'en finit pas. Et c'est inarrêtable. Voilà que ça s'apprête à déborder. L'infirmière accourt avec un nouveau flacon. S'ensuit une opération de troc, mais Herman ne s'est pas encore vidé pour autant. Sa mère fait les cent pas autour de lui. Herman fixe le mur, jamais il n'a fait pipi aussi longtemps. Sauf que ce flacon-là est à son tour bientôt plein, que le docteur tend deux tasses de café, qu'Herman les remplit en moins de temps qu'il ne faut pour le dire, que tous s'élancent, s'interpellent, s'écrient, et que c'est un joyeux bazar. Le docteur s'empare de la plante verte qu'Herman arrose copieusement. La fin est proche, les dernières gouttes s'écoulent sur les feuilles. Le médecin s'essuie le front et doit s'allonger une seconde sur le matelas.

— Beau travail ! fait Herman en reboutonnant son pantalon, non sans un sourire de satisfaction pour sa mère. Maintenant, je crois que c'est ton tour.

Or le docteur, de nouveau sur ses jambes, s'approche de lui, une seringue à la main. Herman a la chair de poule sur la plante des pieds. Il recule, se heurte à l'infirmière qui pose ses mains sur ses épaules et le retient.

— Menteur ! s'écrie-t-il, un doigt pointé vers le médecin.

— Ce n'est pas une seringue, tente-t-il. On doit simplement faire une petite prise de sang.

— En tout cas ça y ressemble drôlement.

— Tu veux peut-être t'asseoir ?

— Je préfère rester debout.

— Comme tu voudras. Maintenant, on va bien serrer ses muscles pour trouver une veine.

Plus facile à dire qu'à faire. Ils cherchent en haut, en bas, au milieu ; le médecin appuie, comprime, contracte. Et, sans prévenir, il enfonce l'aiguille en travers de la peau. Le sang s'écoule aussitôt.

— Je crois que je vais tomber dans les pommes, dit Herman d'une voix blanche.

— Mais non, tout se passe bien, chuchote sa mère qui a pourtant une toute petite mine.

— Ça y est, je suis tombé dans les pommes, ponctue Herman en s'écroulant par terre.

Quand il reprend connaissance, il est allongé sur le matelas, un chiffon humide sur le front et une bouteille de Coca Cola à portée de main. Il est pourtant persuadé d'évoluer dans un rêve, d'être ailleurs, dans les pommes ou dans les choux, en tout cas dans les vapes. Puis il reconnaît le docteur, l'infirmière, et sa mère. Il y a un hic néanmoins : elle n'est pas comme d'habitude. Le visage aussi gris qu'une balle de tennis, elle se cramponne au mur. Quand il entend les voix, il est sûr d'être revenu à lui, il doit juste revenir chez lui d'abord. En plus, le Coca n'a pas un goût dégueulasse.

— Avez-vous déjà remarqué une chute de cheveux particulière ?

— Pas à ma connaissance, dit sa mère lentement.

— Vous n'avez pas trouvé de cheveux dans la bonde de la baignoire, ou entre les dents du peigne ?

— Il a sûrement dû y en avoir, mais je n'y ai pas prêté attention.

— Je ne peux pas vous fournir de diagnostic définitif avant d'avoir obtenu les résultats des examens. Mais il faut vous préparer au pire. À ce que les cheveux tombent. En totalité.

Leur regard se porte alors sur Herman. Sa mère s'approche et se penche sur lui.

— Tu es réveillé, Herman ?

— Ça en a tout l'air. On doit juste terminer son Coca d'abord.

Ceci fait, ils sont conduits vers la sortie. Dans la salle d'attente, les gens malades le sont encore plus qu'à leur arrivée, à peine s'ils parviennent à rester assis sagement sur leur chaise. Comme si ça ne suffisait pas, ils n'arrêtent pas de se lancer des piques les uns aux autres et de lever les yeux au ciel.

— Ça faisait pas si mal en fin de compte, dit Herman. Juste un peu.

Dehors, une pluie fine s'est mise à tomber, ce genre de bruine qui vous reste collée sur la figure comme une toile d'araignée. La mère d'Herman lui serre la main tellement fort que c'en est presque douloureux. Elle a toujours la tête ailleurs, comme si la balle de tennis avait été envoyée bien au-dessus des toits des immeubles. Herman essaie de s'imaginer sa mère sans cheveux. C'est impossible.

— Tu as été très courageux, dit-elle en s'éclaircissant la voix.

— Tu n'as pas été mal non plus.

Soudain, il entend un bruit étrange qui lui fait lever les yeux. Difficile de voir si elle pleure ou si c'est seulement la pluie.

— Faut pas que tu sois triste, maman. Tu pourras t'acheter une perruque s'ils tombent trop.

Ça ne fait maintenant plus l'ombre d'un doute : elle pleure comme une madeleine. Dans la Bygdøy allé, elle manque même de se casser la figure sur un marron. Elle s'avance sur la chaussée en ne regardant ni à droite ni à gauche.

— Tu pourras choisir une perruque rousse ! s'enthousiasme Herman. Le roux, pour les cheveux, c'est une couleur à tomber, je trouve.

Il prend sa mère par la main au moment de traverser la rue.

Il y a du poulet au dîner et de la crème glacée au dessert. Mais il y a aussi autre chose, un léger mystère qui échappe à Herman. Car c'est au tour de son père de faire une drôle de tête, puis de passer de temps en temps à l'anglais pour s'exprimer, ce qui n'est jamais bon signe. La soirée continue à réserver son lot de surprises : Herman a la permission de neuf heures et demie, son père lui annonce qu'il a acheté des billets pour aller voir *Zorro*, qu'ils seront au premier rang et que, s'il en a envie, il peut lui offrir un masque noir et une épée. Ils sont tellement bizarres qu'à la fin Herman est presque soulagé d'aller se coucher. Tous les deux viennent lui souhaiter une bonne nuit, son père fait un tour de magie avec les marrons, tellement bien réussi qu'ils disparaissent pour de bon l'un comme l'autre. Du coup, Herman est forcé de le consoler lui aussi.

5

Cinq cordes pendouillent au plafond. À côté, Jaune d'œuf. Jambes écartées, mains sur le côté, un sifflet à la bouche. Herman se faufile vers une place tout à l'arrière, la tête enfoncée dans les épaules de façon que seuls ses cheveux dépassent. Mais au fond de lui-même, il sait que ses tentatives sont vaines, bien au contraire : chaque fois qu'il essaie d'être invisible, les autres semblent brusquement prendre conscience de sa présence. Comme un fait exprès, Jaune d'œuf vient d'accrocher son regard sur lui, il courbe les doigts et crache dans son sifflet.

— Herman, tu joues à cache-cache ?

— Pas à notre connaissance.

— Viens là, Herman.

— Justement, on est bien, là.

Jaune d'œuf offre un large sourire, ce qui n'augure rien de bon.

— Je veux dire *ici*, Herman.

— Tout de suite.

Ça le chatouille dans les tennis quand il parcourt les huit pas qui le séparent de Jaune d'œuf. Ceci fait, il s'arrête. Dans une autre vie, Jaune d'œuf a été gymnaste. Aujourd'hui, ses muscles ramollis pendouillent de part et d'autre de son corps. Il paraît que son dernier exploit en tant que gymnaste a consisté à rater un saut par-dessus le cheval d'arçon. Quand il parle, il a toujours une voix de fausset.

— Ce que tu vas faire, c'est grimper à cette corde jusqu'à ce que ta petite tête touche le plafond.

Herman murmure :

— On croit bien que ça va pas être possible.

Jaune d'œuf se penche sur lui et lui montre toute sa dentition.

— Je n'ai pas entendu ce que tu viens de dire, Herman.

— Ça va pas être possible.

— Ça va pas être possible ? C'est ça que tu me baragouines ? Et on peut savoir pourquoi, Herman ?

Il tend son bras fiché du sparadrap, là où le docteur lui a pompé du sang.

— Il ne fonctionne plus.

Jaune d'œuf lui soulève le bras, l'examine, puis, sans crier gare, et tandis qu'un sourire se diffuse sur son visage comme un serpent qui viendrait d'avaler un bœuf, il arrache le pansement. Herman hurle intérieurement, serre les dents au point que ses molaires lui font mal.

— Tu serais pas une poule mouillée, par hasard ?

Herman ne répond pas. Il entend des rires jaillir de-ci, de-là.

— Hein, tu es une poule mouillée, Herman ?

Herman lève la tête vers Jaune d'œuf, son regard se fixe sur un de ses yeux. Il découvre dans la pupille le reflet de la salle de gym, puis de tous ceux qui lui tournent le dos et s'agglutinent contre lui. Et enfin il se voit, surmonté d'une tête gigantesque et terminé par des pieds minuscules. Il ressemble à une mouche. Dans cette vision panoramique, Jaune d'œuf est absent, totalement.

— Tu préfères faire de la gym avec les filles ?

Voilà, les rires sont lâchés. Jaune d'œuf agite le sparadrap d'où se découpe une petite tache de sang. Herman fait volte-face, s'avance vers la corde du milieu. Les rires se volatilisent. Mais le silence qui s'ensuit est pire : rempli de verre pilé, et pourtant invisible. Herman saisit la corde des deux mains, ferme les yeux et grimpe. Il serre les genoux, se hisse un peu plus haut. L'air commence déjà à se raréfier, les courbatures lui lacèrent les bras, son cœur est une dynamo, une lumière blanche et douloureuse clignote derrière ses pupilles. Il doit rouvrir les yeux, il n'a plus le choix, et cette salle de gym qui ne cesse de tournoyer… Il lâche prise. Il dégringole – à moins qu'il ne s'envole –, ses mains fument. Il atterrit sur le dos. Jaune d'œuf se tient courbé au-dessus de lui.

— Alors Herman, est-ce que tu vas oser aller prendre une douche avec les autres ? Puisque tu n'es qu'une fillette en fin de compte…

Ça se bouscule devant le miroir des vestiaires et Glenn est le premier dans la file. Il se coiffe les cheveux en arrière tout en essayant de dérouler une mèche pour qu'elle lui retombe sur le front. Il a l'air mécontent. Il se retourne d'un mouvement brusque. Les autres reculent. Il s'avance vers Herman, assis sur le banc, qui se démène avec le dernier bouton de sa chemise.

— Prête-moi ton peigne, dit Glenn.

Herman enfile son pull et, une fois sa tête passée dans l'encolure, se retrouve encerclé par l'ensemble des garçons.

— Envoie ton peigne !

— Mon peigne ?

— Ton peigne en métal ! Allez, magne-toi !

— Non, dit Herman.

Glenn jette un regard circulaire, il glousse.

— Je veux pas te l'emprunter, je le veux. Point.

Herman met son ciré. Au moment où il veut retirer sa capuche du portemanteau, Glenn la lui pique.

— T'as pas besoin de peigne vu que t'as presque plus de tifs sur la cafetière !

Herman lève les yeux. Glenn envoie valdinguer sa capuche dans les douches.

— Ils ont été coupés hier, dit Herman calmement.

— Ben le type te les a coupés avec un couteau, alors. Tu te déplumes, ducon !

Tout le monde s'approche. Glenn empoigne la tête d'Herman et la bascule en avant.

— Et, vous avez vu ? Herman est dégarni ! Herman est chauve !

Ils parlent tous en même temps en se coupant la parole. Herman secoue la tête pour la libérer. Glenn pouffe.

— T'auras qu'à demander à Ruby de t'en prêter, des tifs. Des roux qui puent la crevette !

La cloche sonne. Ils se précipitent dans l'escalier. Herman est assis sur le banc, seul. Bien qu'il entende le rire s'estomper, un écho continue de bourdonner dans ses oreilles. Délicatement, il pose la main sur son crâne, tâte, touche, appuie avec ses doigts. Et tombe sur une surface lisse, un vide suivi d'une bosse. D'un geste vif, il ramène son bras le long du corps, le cache sous son ciré. Le silence est total à présent et, dans ce silence, Herman commence à comprendre. D'un seul coup, tout fait sens. Il va chercher sa capuche et avance d'un pas timide jusqu'au miroir. Il penche la tête. Il roule les yeux mais ne voit rien. Il lève la main mais n'ose pas. À défaut, il enfonce sa capuche jaune jusqu'aux sourcils et fait un nœud qui lui scie le bas du menton. Il jette un œil furtif dans la glace. Une lueur apparaît dans ses pupilles. Au même moment, il aperçoit Jaune d'œuf; il pivote lentement vers lui.

— Tire-toi d'ici que je te voie plus! Ça vient de sonner!

Herman lance son sac de gym par-dessus son épaule et prend la direction de la porte.

— Qu'est-ce que je viens de te dire, t'es sourd ou quoi? Ça vient de sonner!

Herman s'arrête. Jamais auparavant l'odeur n'a été aussi forte. Une odeur de sueur, aigre, fétide. Et toutes les autres odeurs lui reviennent d'un seul coup. Il les reconnaît immédiatement, les unes comme les autres, elles se conjuguent en une seule et même puanteur : la colle dans l'atelier de travail manuel, les feuilles en putréfaction, le déodorant de son père, les boulettes de viande carbonisées, le pot de son grand-père, le sang dans le cabinet du médecin, la lotion capillaire chez le coiffeur.

— Pourquoi en fait est-ce qu'on t'appelle Jaune d'œuf? demande Herman.

Jaune d'œuf perd contenance au point que sa tête se démantibule et qu'il est obligé de la revisser.

— Jaune d'œuf?

— Oui, Jaune d'œuf. Jaune d'œuf.

— Vous m'appelez Jaune d'œuf?

— Oui, Jaune d'œuf.

Herman monte les marches. Il croise la femme de ménage, le derrière en l'air, qu'il a envie de dégommer pour l'envoyer valdinguer. Elle soulève son seau et s'en va avant qu'il n'ait eu le temps de mettre son projet à exécution.

La cour de l'école est vide. Il distingue les visages derrière chacune des fenêtres. Il pleut et la pluie est silencieuse. Jusqu'à ce qu'elle heurte sa capuche et dégouline lentement sur son visage. Il tente d'entrapercevoir son reflet dans les gouttes d'eau. Il ne voit rien. Rien que des larmes brillantes et transparentes qui s'étirent puis s'effondrent. Sous son menton, le nœud maintenant détrempé est plus serré que jamais. Une fenêtre s'ouvre. Trois Tonnes se tient dans l'entrebâillement. Herman l'ignore. Il passe devant la fontaine à eau, il quitte l'école. Au croisement de la Holtegate, les feuilles font la course entre les rails du tramway. Les rues sont désertes elles aussi. Herman est le dernier être humain sur cette terre. Au pied de la colline de Bondebakken, sur les pavés, un chat noir lui passe devant et disparaît derrière une grille. Tout aussi noir et perdu par quelqu'un, un parapluie aux baleines cassées s'envole dans la rue en tournoyant.

Soudain, il entend des pas au martèlement singulier. Il n'est plus seul. En contrebas, dans la descente, il aperçoit la Dame aux termites. Elle se dandine à sa manière, elle vient vers lui. Il se fige, se faufile dans un coin où il se cache. Son cœur bat à cent à l'heure, son estomac est tellement noué qu'il peut à peine respirer. Il l'entend se rapprocher, lentement mais inexorablement, et tout d'un coup elle est là, au coin. Elle prend appui sur ses béquilles pour se reposer puis se tourne au ralenti vers lui, comme si elle avait toujours su qu'il se tenait là. Son chapeau est enveloppé dans un sac plastique, du papier journal dépasse de ses chaussures. Elle ouvre à présent la bouche et Herman s'étonne qu'elle soit capable de parler.

— Pourquoi as-tu peur de moi ?

Herman prend son élan, se précipite hors de sa cachette et la laisse en plan. Il dévale la Gyldenløvensgate et rejoint le Parc de Frogner sans cesser de courir sous les arbres. Un cheval remonte dans sa direction, un cheval sans cavalier. L'animal gigantesque brille sous la pluie, le sol vibre sous ses sabots, puis il disparaît entre les troncs. Herman se dit qu'en un jour comme celui-ci, tout est voué à disparaître, à être emporté par la pluie, balayé par le vent. Son tour ne va pas tarder, il va se volatiliser lui aussi, comme un chat, un vieux parapluie, un cheval.

Voilà, il a retrouvé sa place sous l'arbre. Toutes les feuilles sont tombées. Les branches semblent rachitiques – des doigts noirs qui grattent les nuages ; on dirait un épouvantail, ou un spectre, en pleine nuit, quand les radios sont muettes et que la dernière lampe est éteinte. Herman regarde autour de lui. Il n'y a personne, aucun être de chair et de sang, rien que des statues, des figures en pierre, grises et noueuses, qui le scrutent de leurs yeux gonflés. Il chemine jusqu'au pont et se penche à la balustrade. Les canards flottent tranquillement, les cygnes ont perdu leur tête comme leur cou. Herman sort son peigne.

— Espèce de sale menteur de merde ! dit-il intérieurement.

Alors, de toutes ses forces, il le lance aussi loin qu'il peut. Le peigne fend l'air, virevolte, heurte un canard au sommet de la tête. Celui-ci pousse un bref gémissement, chavire et coule au fond du bassin à la suite du peigne. Il ne tarde pourtant pas à remonter à la surface, puis gagne la terre ferme d'une allure vacillante. Herman regarde le Sinnataggen qui se dresse à côté de lui, les poings fermés, la mine furieuse. Le Sinnataggen ne cafte pas, lui, il ne raconte pas de méchancetés dans le dos des gens. Le Sinnataggen est un copain, son seul copain. Brusquement, entendant un bruit de l'autre côté, il se retourne. Ruby. Elle a déjà remarqué sa présence, il est trop tard pour prendre la poudre d'escampette. Elle s'arrête, secoue ses cheveux pleins de gouttes de pluie. Elle a un air grave.

— Tu pars en voyage ?

Elle désigne le sac de gym d'Herman.

— Peut-être, dit-il.

— Où ?

— Adapazari.

— T'emmènes quoi ?

Herman hésite.

— Mes tennis, mon maillot de corps et un short.

Ruby éclate de rire. Elle s'approche. Elle ne rit plus.

— Tu as séché.

Herman ne répond pas.

— Trois Tonnes était furibard.

— Tu me suis maintenant ?

— Pourquoi je devrais te suivre ?

Herman l'ignore.

— Viens, lui dit-elle.

Ils descendent vers l'étang. Ruby enlève son cartable, sort sa boîte à casse-croûte, scrute le lac, puis imite le cri du canard. L'un d'eux ne tarde pas à s'approcher, il boite, et vient manger le pain complet et les morceaux de saucisse. Il mastique longuement avant de retourner dans l'eau où il s'ébroue et nage le long du bord.

Ruby se tourne vers Herman.

— C'est mon canard. Il a une aile cassée.

Sans comprendre exactement pourquoi, Herman est soudain content, il s'assied sur le sol meuble, attrape le nœud sous son menton et le met dans sa bouche. Il a bon goût. Le canard ne bouge plus, il est assis de travers, comme s'il prenait l'eau. Ruby avale les restes de ses tartines.

— Tu n'aimes pas les cheveux roux ? demande-t-elle soudain.

Herman tousse pour recracher le nœud.

— Les cheveux roux ?

Ruby plisse les yeux.

— C'est vrai que tu te déplumes ?

Herman la regarde fixement. Ses cheveux roux semblent en feu, malgré la pluie ; ils irradient comme un immense halo.

— Non et non et trois fois non !

— Montre !

Elle fait mine de lui retirer sa capuche. Herman la retient des deux mains et envoie un coup de pied à Ruby qui bascule et se retrouve à quatre pattes dans la boue. Elle peste et rit à la fois.

— T'as le front dégarni ! T'as le front dégarni !

Sur ce, elle se lève, sans un mot, remonte la côte et disparaît derrière les statues. Herman n'a pas bougé de place. Il pleut toujours. Il regarde le canard qui nage de travers, en décrivant des cercles chaque fois plus petits. Il reste là jusqu'à ce que le froid lui glace le dos et que l'obscurité monte du sol. Il décide alors de partir. Il passe devant le restaurant dont les chaises ont été retirées depuis belle lurette, sort du parc et débouche sur la place de Frogner. Les lampadaires ne vont pas tarder à être allumés et le vent balaiera la lumière jaune et humide le long des trottoirs. Il n'a aucune envie de rentrer à la maison. Il ne lui reste alors qu'un endroit où aller.

Chez son grand-père.

La porte y est toujours ouverte. Il la pousse délicatement et se faufile dans le vestibule plongé dans l'obscurité. Il entend son grand-père dormir : des petites bulles éclatent entre les fines lèvres bleues. Il poursuit jusqu'au salon et s'assied à côté du lit à baldaquin où le grand-père est allongé puisqu'il ne peut rien faire d'autre. Il a presque la même couleur que le lait mélangé à l'eau. Herman s'imagine que plus les jours vont passer, plus le volume d'eau augmentera et, dès lors, son grand-père deviendra invisible. Ce dernier tourne lentement son visage vers Herman, ouvre les yeux, esquisse un sourire.

— C'est toi, Herman ? Est-ce que j'ai sauté une journée dans mon sommeil ?

— Oui, c'est moi. On est jeudi aujourd'hui.

— Il pleut beaucoup dehors ?

— Il n'a pas encore commencé à neiger, grand-père.

Ils se taisent pendant un petit moment. Il reste une moitié de boulette de viande sur la table de nuit. Herman la mange. Elle est un peu dure sur les bords.

— Tu n'enlèves pas ta capuche ?

— Je crois que je vais la garder.

— Il vaut peut-être mieux, oui. On sait jamais, on pourrait être surpris par une averse.

— La pluie tombe aussi de ton ciel de lit ?

— Ça arrive. Mais souvent, il ne fait pas trop mauvais par ici.

Il sort une tablette de chocolat, la tend avec difficulté à Herman. Ils suçotent chacun leur carré de chocolat, longuement. Le grand-père retrouve un peu de couleurs.

— Ta fille est une menteuse.

Le grand-père déglutit, sa pomme d'Adam est saillante comme un aileron de requin.

— Qu'est-ce que tu viens de dire, Herman ?

— Que ta fille est une menteuse. Elle ment comme elle respire.

— Tu parles de ta mère, là ?

— Elle n'est pas ma vraie mère. Elle m'a trouvé dans le fjord d'Oslo, en train de flotter sur une bouée, c'est tout.

— Pourquoi es-tu en colère, Herman ?

— Je peux pas le dire.

— C'est pas grave, Herman. Tu me raconteras une autre fois. Une autre fois.

Il s'assoupit, puis se redresse.

— Je t'ai raconté l'histoire de mon copain qui avait gagné le gros lot à la loterie organisée par les chemins de fer juste avant la guerre ?

— Oui.

— Eh bien tu vois, ce Martin, c'est comme ça qu'il s'appelait, c'était un chic type, vraiment. Jamais d'embrouilles avec lui. Sa paye, il la rapportait toujours en entier à sa femme. Sauf que ce jour-là, il a dû payer son coup. À nous, les gars. Et ça a duré, et ça a traîné, bref, comme d'habitude quand c'est comme ça. Il a tout de même fini par se rentrer. Il se faisait une telle joie d'annoncer à sa femme qu'il avait gagné à la loterie qu'il s'est dit qu'il allait prendre un petit raccourci. Et qu'il allait traverser le stade de Bislett, de l'aile sud jusqu'à l'aile nord. Il habitait sur la Kiellands plass, tu vois. Mais il est jamais arrivé jusque-là. Il s'est pris un disque en pleine tête, dans la nuque. Il est mort sur le coup.

— Et c'est sa femme qui a eu le gros lot.

— Deux billets de train sur la ligne Oslo-Bergen.

Ça y est, j'ai retrouvé ce que je voulais te dire : tes parents sont venus ici, Herman. Ils te cherchent.

Puis il ferme les yeux, cache sa bouche et croise les mains sur la couette. Herman observe sa tête chauve, on dirait un ballon de foot qui se serait en partie dégonflé. Et là, c'est plus fort que lui, il ne peut pas s'empêcher de la toucher. Il pose d'abord un doigt, puis la main entière sur le crâne un peu humide. Il sent un léger battement, faible, un tremblement sous la peau si mince. Le grand-père hausse une paupière pour le regarder et une commissure pour lui sourire. Herman retire son bras qu'il pose sur ses genoux.

— T'inquiète pas, chuchote son grand-père. Elle est solide, ma vieille caboche.

Quand Herman tourne à l'angle de sa rue, il remarque une voiture de police garée devant l'entrée de son immeuble ainsi qu'un attroupement. Ils se parlent tous d'une voix puissante, le cou tendu. Herman est sur le point de revenir dans la Gabelsgate à reculons lorsqu'une fenêtre s'ouvre avec fracas et que la Caisse des Consignations, qui doit être dans un jour où il fait sa grosse voix, fait tournoyer une bouteille de bière devant son visage rougeaud avant de s'écrier :

— Le voilà ! Le voilà, le gamin ! Notre gamin est en vie !

La mère d'Herman se détache du groupe pour se précipiter vers lui, les bras en l'air. Agenouillée, elle noue ses mains autour de sa taille.

— Herman, mon chéri ! Mais où étais-tu passé ?

— Pas loin.

— On s'est tellement inquiété pour toi ! On était morts de peur !

Son père les rejoint aussitôt, suivi de près de tous les voisins et des habitants de la rue, ce petit monde étant enfin escorté par deux agents de police qui se fraient un chemin et posent chacun une main sur la capuche d'Herman.

Le plus vieux des deux s'abaisse pour être à sa hauteur. Il a une moustache plus impressionnante que celle de Fridtjof Nansen, si grande qu'il est forcé de trousser les lèvres pour que sa bouche apparaisse.

— Le voici donc, notre fameux Herman. Tu peux dire qu'on t'aura cherché, toi.

— Primo, on dit rien. Secundo, on joue pas à cache-cache.

L'autre policier adresse un coup d'œil à la mère tandis que son père se penche à son tour si bien qu'ils commencent à être un peu à l'étroit, tous ces gens qui insistent pour le regarder dans le blanc des yeux.

— Je ne t'ai pas aperçu de la journée, dit son père d'une voix soupçonneuse. Où est-ce que tu as bien pu te cacher ?

Herman ne répond pas. Le policier refait sa mimique avec sa moustache.

— Tu n'as rencontré personne ? Je veux dire... Est-ce que quelqu'un t'a proposé, mettons, du chocolat ?

— Oui.

Les deux agents sont à présent accroupis et retirent leur casquette.

— Donc on t'a offert du chocolat. Ah… Et tu sais qui c'était, Herman ?

La mère d'Herman s'agrippe à son mari, la lumière des lampadaires escamote la moitié du visage des passants.

— On vous le dira pas.

— Tu le connais, celui qui t'a offert du chocolat.

— On le connaît très bien, merci.

— Tu es allé chez lui.

— Oui.

— Et tu y es déjà allé, chez lui ?

— Ça arrive, oui.

— Et il t'a offert autre chose que du chocolat, Herman ?

— Oui.

Le silence est maintenant total dans la rue. La maréchaussée se rapproche encore plus.

— Tu peux nous dire ce que c'était ?

Herman regarde ailleurs.

— Une boulette de poisson.

— Il est allé chez son grand-père ! s'écrie sa mère en collant sa figure contre celle d'Herman. Mais nous aussi on y était ! Où étais-tu avant ?

— On te le dira pas.

Au même moment, la Caisse des Consignations trébuche de sa fenêtre, ses cheveux sont prêts pour un shampoing à la mousse.

— Moi je crois que notre loustic est allé à un rendez-vous galant ! Il n'a pas de suçon dans le cou ?

Jacobsen junior se redresse, le poing dressé.

— Ferme ton clapet, espèce d'alcoolique ! Et ne parle pas suédois dans notre rue !

La Caisse des Consignations se brosse les cheveux pour en retirer la mousse.

— Je ne parle norvégien qu'avec le roi, moi !

Il ne leur faut pas longtemps pour faire rentrer la Caisse des Consignations dans ses pénates. La voiture de police les quitte en roulant au pas. Herman est laissé aux bons soins de ses parents. La pluie s'est arrêtée.

— Allez, on rentre, finit par dire l'un d'eux.

Le globe brille contre la fenêtre. Herman est allongé dans son lit, un bol de chocolat chaud à côté de lui. Sa mère tourne la peau du lait autour de la cuiller et la tend au père qui la déguste en faisant claquer sa langue.

— Tu n'enlèves pas ta capuche ?

Herman ne touche pas au chocolat chaud, de même qu'il ne répond pas.

— Ça fait un peu bizarre comme accoutrement : un pyjama et une capuche.

— Y a personne pour voir.

Son père, les mains derrière le dos, adopte soudain une mine farceuse.

— Laquelle tu veux ?

Herman hésite.

— Aucune.

C'est une épée avec une poignée dorée, une cape, un chapeau à large bord et un masque noir. Herman se tourne contre le mur.

— Zorro, marmonne son père.

Herman fixe résolument le mur.

— On s'en branle de Zorro.

Il s'allonge sur le dos et ramène la capuche sur ses yeux. Sa mère, la lèvre inférieure relevée, souffle dans sa mise en plis.

— Tu dis des gros mots maintenant, Herman ?

— Ouais, dès que l'occasion se présente.

Son père, les mains tremblantes, pose la panoplie sur la chaise. Sa mère vide d'un trait le bol de chocolat. Puis le silence ressemble à une bougie pourvue de deux mèches à chaque extrémité, qui brûleraient en même temps.

Un bruit résonne enfin. Son père s'éclaircit la voix, et son raclement de gorge éteint les deux flammes avant que la chambre ne prenne feu. C'est néanmoins sa mère qui prend la parole.

— Herman, tu m'entends sous ta capuche ?

Herman ne répond pas. Il fronce les paupières de toutes ses forces et tire la couette au-dessus de sa tête.

— Je crois que tu nous as mal compris, Herman. Nous n'avons pas essayé de te rouler. Tu comprends ?

Herman ouvre un œil. Il aperçoit la cape, l'épée, le chapeau et le masque. Il entend son cœur battre et c'est un bruit sordide, exactement comme la grande horloge chez son grand-père. Est-ce que le temps s'arrête entre chaque seconde ? Ou est-ce que tout simplement il se faufile à pas feutrés ?

Sa mère continue de parler. Mais on a l'impression qu'elle a apporté sa voix au nettoyage chez le teinturier et qu'elle n'a pas récupéré la bonne.

— Nous ne savons pas encore avec certitude. C'est pour ça que le docteur a fait toutes ces analyses.

Elle est forcée de détourner le regard un instant. Elle a la chair de poule, son cou est constellé de petits boutons. Elle rapproche sa chaise du lit.

— Ce n'est pas une maladie grave, Herman. Mais tu risques de perdre un peu tes cheveux.

Elle essaie de rire, mais son rire non plus n'est pas comme d'habitude.

— Tu te souviens de ce que tu m'as dit ? On pourra t'acheter une perruque ! Quelle couleur veux-tu, Herman ? Roux, vert, châtain ou noir ?

Herman a les yeux rivés au plafond, sa mère abandonne. Ses mains s'effondrent sur ses genoux, lourdement, à la verticale, avec un soupir. Le silence retombe avec elles. Bientôt, il n'y aura plus assez de silence dans le monde pour alimenter celui-ci. Il se consume, anéanti par des flammes blanches et muettes.

— Dis quelque chose, Herman, à la fin !

Elle s'est presque levée de sa chaise.

— Tu es en colère contre nous ?

Soudain, son père se penche sur lui, avec quelque chose dans les mains.

— Au fait, dit-il en esquissant un sourire, j'ai retrouvé les marrons. Et tu sais où ils étaient ? Dans mon portefeuille ! Je me demande bien comment j'ai fait mon compte pour les cacher là.

Il les pose sur la couette. Herman les ignore.

— Qu'est-ce que tu vas faire avec tous ces marrons, Herman ?

— Les mettre dans une boule de neige dès que ce sera l'hiver.

— Pas bête ! Et à la figure de qui tu vas les lancer, ces boules de neige ?

— La vôtre.

6

Et enfin la lumière tombe. Lentement mais sûrement. Ou elle monte, c'est selon. Herman compte jusqu'à trente dans sa tête, jusqu'à ce que l'obscurité soit si profonde qu'il ne distingue plus qu'une main devant lui, et dans cette main, il tient un chocolat. Une agitation soudaine vibre dans la rangée derrière lui, une voix s'écrie alors :

— Enlève ton chapeau, bordel ! On n'y voit que dalle !

Son père se penche à son oreille.

— Je crois bien que tu vas devoir enlever ta capuche, Herman. Sinon ça va être le branle-bas de combat.

Il la fait doucement glisser de sa tête, la pose sur ses genoux. Sauf que c'est au tour de son père d'être rouspété. Une voix fluette dans la salle est au bord des larmes :

— Oh ! Je vois rien à cause de ce foutu bonhomme qui mesure deux mètres !

Un « chut » prolongé, venant d'une mère à côté, résonne si fort que tout le monde l'entend, le père d'Herman s'enfonce dans son siège, le tapage reprend de plus belle.

Brusquement, la foudre retentit dans un ciel dégagé. Un éclair épousant la forme d'une lettre se matérialise. Les chocolats disparaissent tous en même temps à mesure qu'un sifflement sillonne les rangs comme un serpent : zzzzzzz ! Et le voilà qui surgit… Zorro ! Il passe devant eux en chevauchant sa monture, la salle trépigne de concert. Il lève son épée en guise de salut avant de s'éclipser derrière le rideau tandis que la lune se lève sur un paysage désolé au fond duquel un orchestre invisible se démène corps et âme.

Bernardo fait un tour de magie. Il enfonce un œuf dans l'oreille d'un âne et extrait de l'autre un billet de banque. L'œuf est ensuite retrouvé, cassé dans le pantalon d'un homme qui du premier coup d'œil a tout l'air d'un bandit. Le père d'Herman, un sourire en coin, lui donne un coup de coude. Puis Bernardo rentre chez Zorro, visiblement poète à ses heures perdues et vraisemblablement Don Diego le reste du temps, pour lui annoncer qu'une jolie femme est retenue prisonnière dans le château de Monastario. Zorro a un mal de chien à l'accepter. À la nuit tombée, quand le seul clocher du village sonne douze coups, Bernardo l'aide à se changer. Zorro endosse sa cape, enfonce son grand chapeau, glisse son épée dans sa ceinture, baisse son masque sur ses yeux et, pour finir, enfile ses grands gants interminables qui ressemblent à ceux que portent les agents chargés de la circulation sur la Solli plass.

Zorro est fin prêt.

Il saute par la fenêtre et atterrit sur le dos de Tornado qui, heureusement pour lui, se trouvait dans les parages. Puis il s'élance dans la nuit au galop pendant que l'orchestre invisible continue de jouer et que des nuages noirs courent de part et d'autre du ciel où une lune blanche pendouille mollement.

Le château est situé en haut d'une montagne. Zorro gare Tornado près d'un arbre puis utilise ses jambes pour parcourir le bout de chemin qui lui reste. Après s'être faufilé sur une dizaine de mètres, il doit maintenant en escalader une bonne centaine d'autres. Il débouche sur une lucarne dans laquelle il s'introduit ; c'est limite, mais il y arrive quand même.

Zorro se trouve maintenant à l'intérieur du château.

Il traverse un couloir recouvert d'ombres et d'armures. Il entend des voix s'égosiller pas très loin, elles sont nombreuses et rient à gorge déployée. Mais des profondeurs lui parvient une tout autre voix : celle d'une femme en larmes, et à en juger par la sonorité fluette, c'est une très jolie femme qui y est emprisonnée – pile ce que lui a raconté son fidèle Bernardo, en fait.

Zorro aboutit à un escalier étroit et raide qu'il décide de descendre. Une torche brûle à l'intérieur d'une niche creusée dans le mur. Zorro ne se complique pas la vie, il la prend pour s'éclairer. Il entend plus distinctement à présent les longs sanglots et s'approche de la cellule où la jolie femme est séquestrée.

Zorro s'immobilise.

Des pas. Des pas lourds.

Au coin, une silhouette apparaît : un géant, avec une bosse dans le dos, un couteau tranchant dans chaque main, et un seul œil pour voir. Le garde. Ils sont face à face, mais pas pour longtemps. Zorro lui balance la torche à la figure, le géant crie, tombe à la renverse et se cogne la tête contre le sol en pierres où il va rester étendu le reste du temps. Zorro s'apprête à lui piquer le gros trousseau de clés quand l'ennemi déboule de partout et lui bloque toutes les issues. Ni une ni deux, Zorro sort son épée. Il s'engage dans de rudes combats où les hommes tombent comme des mouches, et pas qu'un peu : ils sont battus à plate couture les uns après les autres. Sauf qu'il en vient d'autres en permanence, que Zorro est seul contre le monde entier et qu'il est bien forcé à un moment donné de s'avouer vaincu. Il est plaqué contre le mur par trente-deux bonshommes en colère et c'est là que Monastario ramène sa fraise. Le bandit qui s'est fait écraser un œuf dans le pantalon par Bernardo, c'est lui. D'ailleurs, il a toujours une grosse tache à cet endroit.

Zorro est jeté sans ménagement dans une geôle, la lourde porte se referme, six verrous sont actionnés, puis les voix et les pas disparaissent vers les étages supérieurs du château. Zorro entend la dame gémir et se lamenter sur tous les tons dans la cellule d'à côté. Quand soudain, un autre bruit résonne à ses oreilles : la mise en marche d'un mécanisme, le grincement des dents rouillées qui s'emboîtent les unes dans les autres. Et là, Zorro croit qu'il a la berlue, mais non : un des murs est en train de bouger, il se rapproche de lui, la pièce se rétrécit à vue d'œil, la cloison avance vers lui, Zorro essaie de la retenir, mais ça ne sert strictement à rien, elle continue sa progression, plus rien ne peut l'arrêter, elle est à deux doigts de toucher Zorro qui se plaque contre l'autre mur, sauf que lui non plus ne tient pas en place.

Mais, brusquement, l'écran est tout noir. Le silence dans la salle est perceptible, tangible, comme un chat noir prêt à griffer. Un grincement résonne du côté du rideau, et, tout en bas, une mention apparaît en lettres minuscules : *La suite le mois prochain.* Un tonnerre de sifflements retentit immédiatement dans le public, une pluie d'emballages de chocolats, de marrons et de tout ce qui peut traîner dans les poches des spectateurs s'abattent sur l'écran tandis que la lumière monte ou descend, c'est selon, des appliques fixées aux murs.

Herman remet sa capuche en quatrième vitesse.

À la sortie du cinéma, le ciel est haut, ténébreux et parsemé d'étoiles – comme un Noir avec des taches de rousseur. Une nouvelle file d'attente se forme devant l'entrée et Herman a envie de leur raconter comment le film se termine. D'un seul coup, son regard s'arrête sur deux silhouettes qu'il reconnaît, sur le trottoir d'en face. Le docteur et l'infirmière. Enlacés sous le lampadaire, ils croient certainement n'être vus de personne. Herman pense, et il n'en pense pas moins. Pas étonnant qu'ils soient enrhumés en même temps. Le tram pour Disen fait une halte devant l'arrêt et quand il repart, le docteur se retrouve seul. Il ne remarque pas Herman. À l'heure qu'il est, ses yeux farfouillent ailleurs que dans sa tête.

— Je suis persuadé que Zorro va s'en tirer, dit son père. Mais ça va pas être une partie de plaisir que de rester enfermé pendant un mois.

Ils tournent dans la Gabelsgate, un vent salé leur fouette le visage.

— Tu vas essayer ton déguisement en rentrant, hein ?

Herman ne répond pas. Au-dessus de lui, son père continue de papoter comme si de rien n'était, peut-être que c'est comme ça en réalité quand on est conducteur de grue : on parle tout seul.

— On va sûrement récolter des tonnes de pommes cette année. Il nous en faut un sac chacun, au moins. Et un gros ! Si ça se trouve, on sera obligés de faire plusieurs tours jusqu'au port. Dans tous les cas, on prendra un taxi de la place de l'Hôtel de Ville, pas vrai ? J'espère que ce sera une Mercedes. Tu vois pas d'inconvénients à ce que je m'allume une petite cibiche, Herman ?

Il s'arrête et fouille dans ses poches. Mais chaque fois qu'il gratte une allumette, le vent l'éteint aussitôt. Herman est obligé de mettre ses mains en paravent, il se tient sur la pointe des pieds tandis que son père plie légèrement les genoux, la flamme illumine leur visage. Sans savoir pourquoi, Herman a subitement envie de pleurer. Il préfère mettre dans sa bouche le nœud de sa capuche. Son père souffle un nuage de fumée.

— Tu crois que maman nous aura préparé une petite gâterie en rentrant ? demande-t-il.

— Oui, répond Herman. De la crème cramée.

Là-dessus, son père ne se hasarde plus à faire la conversation.

7

Herman est assis sous le pommier. Le sol est humide mais le ciel est sec. Le soleil y veille, suspendu au-dessus du fjord d'Oslo comme un bouclier. Herman aimerait plutôt qu'il pleuve, et à verse de préférence. L'air est si clair qu'il serait capable de compter chaque pierre recouvrant la montagne de Kolsås à l'ouest. Il n'en a ni l'envie ni le courage. Au lieu de quoi il suit des yeux un avion qui vient de décoller de Fornebu, pas plus grand qu'un colibri élancé tandis qu'il vole vers l'Amérique. Je devrais être dedans, se dit Herman dans le secret de sa pensée. Et rien n'est plus secret qu'une pensée.

Soudain, il se reçoit une pomme au beau milieu du crâne. Mais ça ne fait pas vraiment mal, comme il a sa capuche. Heureusement que ce n'est pas une grenade, sinon elle n'aurait rien trouvé de mieux que de lui exploser à la figure alors que là, la pomme se contente de rouler mollement dans l'herbe, sans bruit. Herman lève les yeux. Son père secoue une des hautes branches pour faire tomber un maximum de fruits.

— Tu me rejoins ? crie-t-il.

Herman reste assis. Il n'arrive pas s'enlever Zorro

de la tête. Qu'est-ce qu'il ferait, lui, Herman, s'il était dans le même bateau ? Il l'ignore. Il est prêt à parier que Zorro, lui, aurait une solution de génie. À moins que Bernardo arrive à le faire disparaître grâce à ses tours de magie. Herman ramasse la pomme, douce et verte – la lune est sûrement aussi lisse qu'elle. Il s'apprête à en croquer un bout mais suspend son geste. Comment savoir s'il n'y a pas de ver dans la pomme tant qu'on n'en a pas mangé un morceau ? Si ça se trouve, on ne tombe pas sur un ver, mais une moitié de ver. Il préfère aller rejoindre sa mère qui lui fait signe près du puits.

Une fois qu'il y est arrivé, elle lui montre quelque chose dans l'herbe à l'aide du râteau.

— Regarde.

Herman regarde. C'est un hérisson, camouflé sous un tas de feuilles. Si la tête est invisible, tous les piquants sont dressés. Il ressemble à une pelote à épingles que la plus grande couturière du monde aurait perdue en chemin. Il le touche du bout des doigts. Rien ne se passe.

— Mort et enterré, dit-il.

— Mais non. Le hérisson dort, c'est tout. Il s'est installé là pour l'hiver.

Ils entendent soudain un raffut du diable, voient un homme faire de la voltige. Il s'effondre sur le dos et reste allongé. Herman et sa mère se précipitent vers l'arbre, mais avant même qu'ils n'y soient arrivés, le père est déjà sur ses jambes et secoue les pommes, l'herbe et les feuilles qu'il a sur lui.

— Tu t'es fait mal ? s'inquiète-t-elle.

— Mais non, maman. On est tombé de plus

haut, crois-moi. Allez, zou, on prend les sacs à dos et en route !

Un peu plus tard, Herman s'est réfugié dans le jardin d'hiver où flotte une odeur de pommes, de vieux magazines et d'huile de foie de morue. La lumière pénètre par les quatre fenêtres – des colonnes obliques qui viennent balayer le parquet. Il y a comme un air de déjà-vu. Cette vision lui rappelle la Bible illustrée de l'école : sur les dessins où Jésus est représenté, le soleil brille toujours de cette manière. Des insectes s'éveillent, piquent les vitres et retombent sur le seuil. Herman entend tout d'un coup quelqu'un farfouiller à l'extérieur, une échelle est déployée contre la première fenêtre, son père apparaît avec un des volets qu'il remet en place. Voilà le souvenir que garde Herman de ce dimanche qui n'aura rien de particulièrement étrange si ce n'est qu'il ne l'oubliera pas. Car tout au fond de lui, tellement enfouie qu'il ne lui semble pas être jamais allé aussi profond, Herman éprouve la sensation que quelque chose se situe derrière lui : une fin, à moins que ce ne soit un nouveau début. Herman se tient au milieu du jardin d'hiver, sa capuche jaune sur la tête, tandis que son père ferme les volets, les uns après les autres, et que l'obscurité s'amplifie autour de lui, se resserre comme une forêt dense. Au final, seule reste ouverte la porte donnant sur la véranda et c'est là, dans cette ouverture, que surgissent ses parents, telles deux ombres, ou deux silhouettes, dans la lumière aveuglante que diffuse le soleil d'automne au loin, si loin. Lovés l'un contre l'autre, ils regardent vers l'intérieur, dans le noir. Herman ne sait pas s'ils le voient.

Puis son père dit :

— C'est tout.

Et il le dit comme ça : c'est tout. Et Hermann sait déjà qu'il ne va pas les oublier de sitôt, ces deux mots. C'est tout.

8

HIVER

Herman est réveillé par la neige et aussitôt il a les idées claires. Il reste néanmoins allongé dans son lit, il écoute. Il entend la neige tomber sur la ville, comme un souffle léger. Car sinon le silence est absolu. Il fait toujours nuit, ou quasi, les tramways ne circulent pas encore, ses parents dorment. Il essaie de se souvenir de son rêve mais, une fois de plus, il lui a échappé.

Il se faufile à la fenêtre et regarde dehors. Il ne s'est pas trompé. Il neige, les rues sont déjà blanches. Aucune trace de pas, nulle part, aucune empreinte de roue. Herman suit des yeux une congère, mais il est pris d'un vertige. Il a l'impression de se tenir debout sur un carrousel et d'avoir la tête dans un sac de farine. Il retourne jusqu'à son lit d'un pas chancelant et c'est à ce moment-là qu'il s'en rend compte, là, sur son oreiller. Des cheveux. Une pleine touffe de cheveux. Ses mains se précipitent sur le sommet de son crâne. Il est soudain forcé de s'asseoir. Il regarde ses doigts : des cheveux. Des cheveux partout. La pièce est pleine de cheveux. La respiration lui manque. Il fonce vers la salle de bains, mais la glace ne lui renvoie guère que le reflet de la Calotte glaciaire du Nord – et encore. Il file à la cuisine chercher deux chaises qu'il superpose en équilibre. Il grimpe sur le bord de la baignoire, s'appuie à l'armoire à pharmacie et se positionne prudemment sur la chaise la plus haute. Ça y est, maintenant il le voit, distinctement. Les cheveux sont tombés de sa tête. Juste sous la raie, une plaque dénudée transparaît, brillante comme une pièce d'une couronne polie au chiffon. Herman se penche un peu plus, se rapproche du miroir pour être sûr que c'est bien lui. Ce qui est effectivement le cas puisque quand il ferme les yeux, le visage reflété l'imite.

Puis les chaises se renversent. Herman entend tout en même temps : le cri d'effroi qu'il pousse, ses parents qui se réveillent en sursaut, le miroir qui se brise, la neige qui continue de tomber.

Quelqu'un le secoue, de plus en plus fort. Herman ouvre les yeux. Il est assis sur la cuvette des W.-C. Sa mère est agenouillée devant lui ; dans son pyjama rouge à pois jaunes, elle ressemble à une coccinelle géante. Herman se met à compter les points car alors, il saura quel âge il aura quand il sera grand.

— Herman ! Herman, tu t'es fait mal ?

— Apparemment, l'atterrissage s'est effectué sans dommage.

Son père pointe à son tour le bout de son nez. Dans son pyjama jaune à pois rouges, il ressemble à une forme très grave de rougeole. Il balaie les bris de verre dans une pelle.

— Ça signifie quarante jours et quarante nuits de malheur, dit Herman.

— Tu peux me dire ce que tu fabriquais à cette heure-là ? demande-t-elle.

— J'ai été scalpé pendant la nuit, répond-il à voix basse.

Elle aussi s'en aperçoit à présent, la surface dénudée au-dessus de l'oreille, aussi lourde qu'une bouche d'égout. Elle lève la main, fait mine de vouloir lui toucher la tête, mais c'est comme si elle n'osait pas vraiment. Elle plie les mains et les serre l'une contre l'autre pour les cacher, tandis que son visage passe par de multiples transformations. La curiosité de son père s'en trouvant piquée, il s'approche d'eux, et Herman a le tournis rien que d'avoir autant de pois autour de lui.

— Ça ne se voit presque pas, chuchote-t-elle. Si tu coiffes tes cheveux comme ça.

— Lâche-moi !

— Mais… Herman !

— Lâche-moi, à la fin ! Lâche-moi !

Il le repousse et court se réfugier dans sa chambre. La touffe de cheveux sur l'oreiller a l'apparence d'une souris desséchée. Il essaie de la recoller. En vain. Une pluie de cheveux se répand sur le parquet pendant que, dehors, la neige tombe plus épaisse. Herman ramasse les cheveux qu'il dissimule dans le dernier tiroir où il range également ses marrons.

Puis vient l'heure où le reste du monde se réveille : la Caisse des Consignations ouvre la première bouteille de bière de la journée, Trois Tonnes fourre dans son sac ses craies et sa boîte à casse-croûte contenant cinq tartines, Carton-pâte referme une nouvelle lettre d'amour destinée à la femme de ménage, Jaune d'œuf effectue trois tractions et demie des bras. La Dame aux termites est déjà de sortie puisque, où qu'elle aille, il lui faut deux fois plus de temps que les autres, Jacobsen junior installe sa rangée de crayons dans la poche de sa blouse, le Gros arrache deux poils de sa narine gauche, Ruby retire délicatement son filet à cheveux, et le grand-père mange le reste de sa tablette de chocolat avant de se rendormir.

Herman se couche lui aussi. Plus jamais il ne se relèvera. Il vient de le décider, à l'instant. Il est un hérisson sans piquants.

Une demi-heure plus tard, sa mère se tient à côté de lui.

— Herman, tu ne veux pas aller à l'école aujourd'hui ?

Il ne répond pas.

— Tu n'es pas obligé si tu veux. Mais il faudrait quand même que je téléphone pour prévenir. Étant donné que demain, nous retournons chez le médecin, tu sais bien.

— On n'a pas le téléphone.

— J'appellerai du magasin.

Herman cogite, gamberge, se creuse les méninges.

— On n'est pas une poule mouillée.

Son père n'est pas parti travailler, il boit son café. Il s'est coupé au doigt, l'a enveloppé dans du sparadrap et doit tenir sa tasse de la main gauche si bien qu'il fait des taches chaque fois qu'il la soulève.

Sa mère lui a fait cuire un œuf à la coque, ce qui n'arrive d'ordinaire que les dimanches. Mais Herman n'est pas né de la dernière pluie, il comprend. À côté de son assiette trône une immense bouteille d'huile de foie de morue. Les yeux fermés, il en avale une gorgée sans plus attendre ; ce qui est fait ne sera plus à faire. Ça a un goût de tennis puantes et de vieux cervelas. Il passe la bouteille à son père qui, éberlué, regarde la mère. Peine perdue, lui aussi doit s'y soumettre. La boisson lui arrache de très nombreuses grimaces et l'oblige à vider trois tasses de café coup sur coup, ce qui occasionne de multiples taches.

Herman s'apprête à décapiter l'œuf mais suspend son geste juste avant que le couteau touche la coquille. La même énigme qu'avec la pomme resurgit. Comment savoir si oui ou non il y a un poussin dedans ? Trop tard, il l'a déjà coupé en deux. Il pense alors à son prof de gym, et cette association d'idées lui fait passer son envie d'œuf. Le regard de son père s'allume. Il s'empare de l'œuf, le cache entre ses mains, se lève en agitant les bras dans tous les sens, devant comme derrière. Quand il rouvre ses mains, elles ne contiennent strictement rien, sont aussi vides qu'une tirelire. Ils applaudissent à tout rompre. Forcément.

— Appelez-moi Bernardo, dit-il non sans se rengorger.

Mais au moment de se rasseoir, un craquement sournois retentit, et la lumière qui jusqu'ici inondait son visage vire au rouge pivoine. Il papillonne des yeux et se relève, la tête basse.

— Il vaut mieux pas faire des tours de magie avec un pansement au doigt, marmonne-t-il avant de s'éclipser à la salle de bains, le dos rond.

Une omelette fraîchement battue est étalée sur la chaise. Herman éclate de rire. Il ignore d'où lui vient ce rire, mais il le sent monter en lui, comme un ballon rempli d'air qu'il lui faut de toute urgence expulser. Il ne tarde pas à hurler de rire et sa mère également. Ils sont à ce point pliés de rire qu'ils se retrouvent à quatre pattes sous la table. Son père réapparaît mais lui ne rit pas. En petite tenue, la mine désolée, il fait peine à voir. La mère d'Herman part le rejoindre en hoquetant, elle doit lui trouver un autre pantalon. Soudain, Herman sent que le rire est coincé dans sa gorge, de travers, comme une arête de poisson, à moins que ce ne soit son cœur qui ait bondi tellement fort qu'il a pris place dans le gosier, ce qui ne serait pas une mince affaire. Une chose est sûre : l'œuf ne contenait pas de poussin.

Elle revient, les mains derrière le dos.

— Maintenant, tu ne peux plus mettre ta capuche, Herman.

— On parie ?

— Il neige dehors. Je t'ai sorti tes bottes fourrées. Et regarde ce que je viens de terminer.

Elle lui lance le bonnet. Il est bleu, avec un gros pompon de trois couleurs différentes. Le plus gros pompon qu'Herman ait jamais vu. Plus gros qu'un balai-brosse, plus épais que la coiffure de Ruby.

— Tu ne l'essaies pas ?

Il jette un regard furtif à droite puis à gauche, défait le nœud de sa capuche qu'il retire à la vitesse de l'éclair avant d'enfoncer tout aussi vite le bonnet sur sa tête.

— Il te va ?

— Mouais.

Le pompon est tellement lourd qu'Herman manque de perdre l'équilibre.

Sur ces entrefaites, son père passe la tête par la porte, il a visiblement retrouvé son sourire.

— On fait un bout de chemin ensemble, Herman ? Ouh là là ! Mais dis-moi, tu en as un bonnet qu'il est classe ! Combien d'années il t'a fallu pour le tricoter, maman ?

Il se reçoit immédiatement un coup de poing dans le ventre, ce qui n'a pas l'air d'être très douloureux, ou bien tout autant que d'entrer en collision frontale avec un papillon.

— Sois prudent aujourd'hui, dit-elle à voix basse.

Ils marchent lentement dans la neige. Les bottes fourrées laissent des empreintes avec des marques obliques à l'intérieur. Les rideaux sont tirés chez la Caisse des Consignations. Il ne peut pas voir la neige en peinture. Il ne sort qu'une seule fois pendant tout l'hiver, et c'est quand Jacobsen junior reçoit la bière de Noël.

Le père d'Herman est d'humeur causante ce matin.

— Maman est toujours pétée de trouille quand il neige. Elle a peur que je glisse et que je tombe. Mais y a pas de danger, tu sais. Vu qu'il y a comme qui dirait des échelles de chaque côté. Quatre échelles vissées les unes dans les autres en carré. Et après tu grimpes *dans* l'échelle, si tu vois ce que je veux dire. Pas bête, hein ? Et dans pas longtemps, ça va être ton tour, Herman. T'auras qu'à passer un de ces jours. J'en ai discuté avec le patron. C'est pas que j'aie besoin de lui demander la permission d'abord, hein, mais... l'occasion a fait le lardon, comme on dit. Ha, ha, ha ! Non, sérieux : si on disait la semaine prochaine ?

Herman hésite à répondre. Ça se noue tout d'un coup dans son estomac, ça gargouille juste au-dessus de sa boucle de ceinturon phosphorescente, mais son père n'entend rien.

— En fait, c'est pilote que j'aurais dû être. Tu le savais ? Pilote. Et tu sais aussi ce que j'ai de commun avec un pilote ?

Herman décide cette fois de répondre par la négative.

— La vision en profondeur.

— La quoi ?

— La vision en profondeur. Et c'est pas donné à tout le monde de l'avoir, crois-moi. Quand je suis dans ma cabine, en haut de la grue, et que je regarde en bas, je dois pouvoir voir si la pile d'un pont est trois centimètres plus grande que les autres. Sinon ça part en eau de boudin, nos affaires. Et là, c'est boum badaboum assuré !

Ils s'arrêtent à l'angle où ils se séparent d'habitude. Herman regarde ses bottes fourrées mais conclut qu'il faut sûrement être plus grand pour savoir si on est doué de vision en profondeur.

Son père inspecte l'horizon.

— Une vraie purée de pois aujourd'hui, fait-il observer d'un ton sérieux. Ça nous fera à manger, remarque ! Comme en plus, avec un temps pareil, on risque de rester dans la baraque de chantier…

Ils ne disent plus rien pendant un petit moment. Ils donnent des coups de pied dans la neige, n'arrivent pas à se mettre en route. Jacobsen junior gare sa Triumph devant l'épicerie, essuie un point invisible sur le capot avec sa peau de chamois, salue d'un doigt porté à son chapeau et pénètre dans la boutique.

— Espèce de bêcheur, va ! dit le père d'Herman entre ses dents. Et mielleux avec ça. Ça lui suffit pas de passer de la pommade dans le dos des gens, faut aussi qu'il s'en tartine les tifs.

Il se tait brusquement et jette un œil aussi discret que prudent du côté d'Herman. Les lumières du magasin s'allument, une musique américaine venant de l'arrière-boutique leur parvient aux oreilles. Le père d'Herman regarde sa montre puis se racle la gorge, longuement et correctement.

— Tu crois qu'il y aura un record du monde cette année, au 10 000 mètres ?

Herman ne répond pas.

— Kuppern [1] va y arriver les doigts dans le nez, si tu me demandes mon avis.

Herman ne le demande pas.

---

1. Kuppern, surnom du patineur de vitesse norvégien Knut Johannesen, médaille d'or du 10 000 m aux J.O. de Squaw Valley en 1960, devenant ainsi le premier patineur à passer sous la barre des 16 minutes. Il remporte également la médaille d'or dans le 5 000 m aux J.O. d'Innsbruck en 1964. *(N.d.T.)*

Son père donne un nouveau coup de pied dans la neige.

— Comment ça va, Herman ?

— Bof, pas terrible.

Ils finissent par partir chacun de leur côté, sans oublier de se retourner, comme chaque fois. Il neige si fort qu'ils se voient à peine. Ils s'adressent quand même un signe de la main.

Herman attend devant l'entrée donnant sur Harelabbveien que la cloche ait sonné. Il commence à regretter, il préférerait rebrousser chemin et rentrer chez lui. Mais une voix l'appelle du haut d'une fenêtre et cette voix appartient au principal, et avec lui ça ne rigole pas. Il a été sous-lieutenant dans l'armée et il a gagné plusieurs batailles importantes.

— Toi ! Oui, toi là-bas ! Avec le bonnet ! File en cours ! Et tout de suite !

Un téléphone sonne derrière lui, mais il reste à la fenêtre avec le combiné à la main tandis qu'Herman passe le portail en trombe.

Et comme d'habitude il est le dernier. Mais il a entendu quelque part, peut-être à la radio un dimanche matin, à moins que ce ne soit dans *Florilège*, que les derniers finissent premiers. Pour l'instant, ça n'a pas vraiment été le cas pour lui. Il pose sa veste au portemanteau et ouvre la porte tout doucement, sans frapper. Trois Tonnes, qui a déjà déroulé la carte de la Norvège, lui tourne le dos. Herman, le plus imperceptiblement possible, se glisse devant l'estrade pour rejoindre les fenêtres. Or chacun de ses pas est suivi d'un gargouillement en provenance de ses bottes fourrées, on dirait un éléphant en train de s'empiffrer de gelée de fruits. Trois Tonnes pivote sur ses talons, une volte-face qui lui prend deux bonnes minutes au moins. Sur ce, il écarquille les yeux.

— Stop ! commande-t-il.

Mais Herman s'est déjà assis. Il contemple l'horizon. À y réfléchir, le blanc est une drôle de couleur. Car en réalité, ce n'en est pas du tout une. Et pourtant la neige est là, bien visible, comme figée dans l'air, Herman a l'impression d'apercevoir des copeaux, des paillettes ; peut-être que Dieu, après un bain de soleil trop prolongé au-dessus des nuages où le ciel est bleu, pèle maintenant sur les épaules.

Trois Tonnes a quitté son promontoire et frappe dans ses mains pour en retirer la poussière de craie.

— Tiens donc... Herman vient de faire son entrée. Et qu'est-ce qui t'a empêché d'être à l'heure aujourd'hui ? Pas un renard encore, j'espère ?

Le rire surgit chez Glenn et glisse de part et d'autre des pupitres tel un couteau dans du beurre chaud. De tous, Ruby est celle qui rit le plus fort.

Trois Tonnes met fin au rire par une main levée.

— À moins que tu aies croisé un ours blanc très hargneux dans la Bygdøy allé ?

Herman ne voit aucune raison de répondre. Trois Tonnes s'empare de sa baguette et souffle pour achever de s'épousseter.

— Tu as froid ?

— Non merci.

— As-tu *froid*, je viens de te demander !

— Non merci.

— Aurais-tu l'extrême amabilité de bien vouloir retirer ton bonnet ?

Herman regarde par la fenêtre. Il songe qu'il va bientôt y être suspendu par l'oreille gauche pendant quarante minutes.

— Je n'ai pas bien entendu ce que tu viens de dire…

— On n'a rien dit.

Trois Tonnes n'est plus qu'à un mètre de lui. Il a doublé de volume par rapport à d'habitude, il arbore des yeux globuleux. Herman s'est toujours demandé si Trois Tonnes voit ses pieds quand il est debout. Ce qui en revanche ne fait pas un pli, c'est qu'il ne doit pas être doué de vision en profondeur.

— *Enlève-moi ce bonnet, Herman Fulkt !*

— Non et non et trois fois non !

Trois Tonnes n'en croit pas ses oreilles. Éberlué, il jette un regard circulaire pendant une minute durant laquelle son sang n'irrigue plus la tête et laisse derrière lui, au sommet, un visage livide, cadavérique. Le silence dans la classe est si profond qu'on peut entendre un hérisson respirer sur Nesodden. Même Ruby s'est tournée, le bas de son visage pendouille tel un drapeau en berne.

— Tu viens bien de dire non ? murmure Trois Tonnes en se penchant.

— Oui.

— Tu refuses ?

Tout d'un coup, Herman ne sait plus comment la situation a pu dégénérer de la sorte, quand ça a commencé, quelles circonstances ont conduit la figure bouffie aux dents jaunies de Trois Tonnes à se rapprocher de plus en plus, les lèvres tremblantes, des gouttes de sueur perlant à son front. De qui est-ce la faute ? Il sait seulement qu'il est mort de peur et que jamais il n'aurait dû aller à l'école aujourd'hui.

— Tu refuses ? répète Trois Tonnes qui ne peut plus guère s'approcher davantage.

— Si vous me suspendez par la fenêtre, mon oreille va se détacher, murmure Herman.

Trois Tonnes fond sur l'oreille qu'il s'emploie à pincer de toutes ses forces. Il en perd jusqu'à sa baguette. Puis il s'empare du pompon qu'il tire avec la même vigueur cependant qu'Herman se retient des deux mains à son pupitre et secoue la tête du mieux qu'il peut.

Brusquement, la porte s'ouvre sur le principal qui fait une entrée martiale. Trois Tonnes lâche prise et se retrouve avec des aiguilles de pin de trois couleurs différentes dans les poings. Les enfants se lèvent comme un seul homme, tous sauf Herman. Trois Tonnes se rue vers l'estrade pour se camper à côté du principal, les mains cachées derrière son dos.

— Je suis venu pour aborder le problème des boules de neige ! Comme vous le savez, la neige est déjà épaisse. Aussi, je tiens à rappeler la chose suivante : une boule de neige lancée entraîne une heure de retenue à la fin des cours et ce pendant deux jours. Deux boules de neige lancées entraînent pour leur part la même punition à laquelle s'ajoute cependant une autre heure de retenue, celle-ci *avant* le début des cours, et pendant tout autant de jours. Trois boules de neige lancées entraînent quant à elles une convocation des parents et, éventuellement, tout dépend de l'objectif visé par les boules de neige en question, une exclusion pendant quatre jours. C'est compris ?!

Personne ne répond. Ce qui signifie que tout le monde a compris. Trois Tonnes essuie son front couvert de sueur et prend la parole à la suite du principal.

— Comme vous pouvez le constater, monsieur le Principal, il se trouve dans cette classe un élève impossible qui n'en fait qu'à sa tête aujourd'hui. Figurez-vous qu'il…

Le principal reprend la parole que l'autre lui a confisquée, le conduit dans le couloir, non sans avoir refermé la porte.

Ils s'absentent pendant un long moment et, quand Trois Tonnes pénètre à nouveau, seul dans la salle de classe, il semble aussi dégonflé qu'un ballon de baudruche. Après avoir rejoint l'estrade d'un pas traînant, il s'affale dans sa chaise. Il jette un coup d'œil timoré du côté d'Herman et se façonne un visage aimable. Du coup, Herman est plus terrorisé que jamais, il aurait envie de s'enfoncer six pieds sous terre séance tenante, ou de s'introduire dans son encrier et de refermer le couvercle avec un cadenas.

Trois Tonnes n'a même pas le courage de revenir chercher sa baguette. Un doigt pointé vers la carte, il parle lentement.

— Voici donc la Norvège, qui a engendré un nombre incalculable de grands hommes. Comme vous le voyez, la Norvège est un pays très étendu. La distance qui sépare Oslo au sud de Hammerfest au nord est la même que d'Oslo à l'éternité. Euh... Je veux bien sûr parler de Rome. Et ici, à l'embouchure du fjord d'Oslo, vous avez par exemple la petite ville où Herman est né. Euh... Je veux bien sûr parler d'Herman Wildenvey, notre grand poète de Stavern. Vous vous souvenez ? *Et c'est une petite Selma. Elle mérite bien une chanson.*

La cloche sonne avant qu'il ait le temps de poursuivre sa récitation. Les élèves s'engouffrent par la porte déjà ouverte. Encore une fois, Herman est le dernier. Il prend son cartable sous le bras et passe à toute allure devant Trois Tonnes, toujours plongé dans l'examen de la carte de la Norvège.

— Attends, Herman !

Mais Herman n'a aucune envie d'attendre maintenant que Trois Tonnes est devenu fou furieux. Il s'élance vers le couloir, attrape son coupe-vent au passage, dévale les marches quatre à quatre tandis que Trois Tonnes continue de l'interpeller.

Dans la cour, tous se retournent en même temps. Herman se fige et la lourde porte se referme derrière lui en faisant un fracas d'enfer. Mais son cœur bat encore plus vite – le cœur est une porte qui claque à l'intérieur de son coupe-vent. Il doit se retenir pour ne pas tomber à la renverse. La neige a cessé. Il aperçoit Ruby dans la petite cabane des filles. Elle a ramené ses cheveux dans la capuche de son anorak. Elle fronce les sourcils, on dirait qu'elle a deux tiges de fleurs à la place des yeux. Glenn est juché sur la fontaine à eau, avec Karsten et Bjørnar de chaque côté.

Herman recule d'un pas, mais derrière, à l'intérieur, l'attend Trois Tonnes. S'enfuir là-bas n'est pas la solution non plus. Il ferme les yeux et s'avance dans la cour de l'école. Il compte jusqu'à huit. Il aboutit à quinze. Il commence à perdre le sens de l'orientation. Il prononce le chiffre vingt dans sa tête quand la première boule de neige le heurte en pleine nuque. Son bonnet glisse vers l'avant, il le remet en place, ouvre les yeux – ils l'encerclent déjà. Glenn est devant.

— Enlève ton bonnet, lopette!

Herman n'obéit pas. Il essaie de refermer les yeux mais ça ne marche pas : il voit tout. Il voit tout parce qu'il a déjà tout vu. Le cercle se referme. Inexorablement le cercle l'enserre.

Glenn fait un pas en avant, envoie un uppercut dans le pompon – plusieurs. Karsten et Bjørnar surprennent Herman par l'arrière. Il se libère, retient son bonnet des deux mains. Glenn tire comme un détraqué sur le pompon, et Herman, sans rien avoir vu venir, se retrouve les quatre fers en l'air; des pieds trépignent devant lui, se rapprochent de plus en plus. Zorro – il n'a plus que ce nom en tête – n'a pas le temps de penser à rien ni personne d'autre. Voilà la vie qui l'attend, Zorro. Ici, à Frogner, ce sera pareil pour lui.

— Lâche ce bonnet! hurle Glenn.

Mais Herman tient bon. Il faudra qu'ils le tuent pour qu'il lâche.

Il essaie de donner des coups de pied, ce qui est parfaitement inutile : il est bloqué, le souffle vient à lui manquer, il ne pourra bientôt plus respirer. Et loin, très loin, alors même qu'ils sont tout près, il les entend crier, les uns comme les autres, sans exception :

— Crâne d'œuf! Crâne d'œuf! Crâne d'œuf!

Glenn vient de trouver une meilleure prise. Il empoigne le bonnet qui glisse au-dessus des oreilles tandis qu'Herman tire dans l'autre sens. Quand soudain s'opère un revirement de situation. Les pieds s'élancent de tous côtés, deux mains pénètrent dans son champ de vision, Glenn est soulevé à la suite des deux choux-fleurs – la spécialité de Trois Tonnes. Il charrie Glenn qui crie comme un cochon qu'on égorge, qui lance des coups de pied sans jamais toucher sa cible. Trois Tonnes continue de le transporter ainsi jusqu'au bureau du principal. Et au même moment la cloche sonne. Herman se retrouve en un instant totalement seul, allongé par terre, sur le dos, en plein milieu de la cour. Tout là-haut, les nuages mettent à peine une minute pour glisser sur le côté et dégager un ciel presque impeccablement bleu ; en le regardant, Herman songe à un vieux matelas de piscine à moitié dégonflé.

Il se relève lentement. Il brosse ses vêtements pour enlever la neige. Il ressemble à un chien fourbu qui sortirait juste de l'eau. Le monde est redevenu calme et silencieux. Herman réajuste son bonnet. Il prend la direction de la salle de gym. Il trouve Jaune d'œuf dans les vestiaires, occupé à nettoyer son sifflet. Il s'arrête devant la porte entrebâillée. Jaune d'œuf le dévisage, surpris, il lui faut du temps pour comprendre à qui il a affaire.

— Tu t'es trompé d'heure, dit-il. Va-t'en.

Il continue de lustrer son petit instrument.

— On vient juste chercher ses tennis, Jaune d'œuf, dit Herman.

Il les trouve sur l'étagère au-dessus du lavabo et les range dans son cartable. Il s'apprête à sortir quand Jaune d'œuf l'arrête en posant sur lui une main spongieuse. Jaune d'œuf est mou, quand on le touche. On dirait qu'il a des seins, ça devait sûrement être des muscles saillants – autrefois.

— Pourquoi est-ce que vous m'appelez Jaune d'œuf ?

— Chais pas, Jaune d'œuf.

— Tout le monde m'appelle Jaune d'œuf ?

— Oui, Jaune d'œuf.

Herman lui passe sous le bras et débarrasse le plancher avant que l'autre ait eu le temps d'ajouter quoi que ce soit. Après quoi il descend à l'atelier de travaux manuels. Il y entend des bruits qui ne sont pas sans lui rappeler ceux de ses parents, certaines fois le samedi. Carton-pâte est assis sur la table, la femme de ménage entre ses bras. Il l'envoie aussitôt valdinguer, et elle se ramasse la figure par terre non sans un soupir de surprise.

Médusé, Carton-pâte fixe Herman, adossé contre le mur, qui le dévisage lui aussi, le bord du bonnet à la hauteur des yeux.

— Je... Je voulais juste lui montrer... la colle, bafouille Carton-pâte, en plissant sa blouse pour la remettre en place.

Un rire tonitruant retentit en provenance de la femme de ménage. Elle se relève, son seau et son balai à la main, et passe devant Herman d'une démarche nonchalante.

— Heureusement que t'es arrivé, petit, sinon je me retrouvais collée.

Pendant qu'elle monte les marches d'un pas soudain pressé, les oreilles de Carton-pâte brûlent comme deux torches qu'il aurait fixées de chaque côté du crâne.

— Qu'est-ce que tu veux ? aboie-t-il.

— Récupérer un truc.

Il se dirige vers l'armoire, y trouve son herbier au-dessous de la pile, le fourre dans son cartable qu'il jette par-dessus son épaule.

— Tu ne peux pas l'emporter chez toi !

— Bien sûr que si, on le peut.

— Mais tu ne l'as pas terminé.

— Il ne le sera jamais.

Une ride se creuse sur le front de Carton-pâte.

— On peut savoir pourquoi ?

— Parce que je vais mourir entre-temps.

Carton-pâte en reste bouche bée. Mais pas longtemps. Ses yeux s'assombrissent comme la mer Noire. À peine s'il ne va pas avaler sa langue.

— Tu ne me rouleras pas une deuxième fois !

— Mais je ne roule personne, objecte Herman.

— Et qu'est-ce que t'as qui va pas encore cette fois ? Un couteau dans le dos, peut-être ? Et enlève-moi ce bonnet quand tu m'adresses la parole !

Carton-pâte fonce vers lui, mais Herman est plus rapide. Il l'évite et fait tomber un seau de colle au passage. Cloué sur place comme si quelqu'un avait appuyé sur pause, Carton-pâte tente de soulever ses chaussures avec l'allure d'un empoté qui vient de marcher sur un chewing-gum géant.

— Espèce de voyou ! crie-t-il. Voyou ! Tu ne perds rien pour attendre !

Herman attend un peu, mais ne voyant rien venir, continue tranquillement son chemin, sans se retourner.

Dans le couloir, il entend des voix. Il s'arrête, tend l'oreille et jette un œil par-delà la cloison. Au bout, Trois Tonnes, le principal et la femme de ménage parlementent. Elle cite à trois reprises le nom d'Herman, mais désigne la direction opposée vers laquelle les deux hommes s'élancent aussitôt. Elle se retourne une fois ceux-ci partis, adresse un coucou avec son chiffon à Herman qui regrette d'avoir un jour eu l'idée de lui donner un coup de pied dans le derrière.

Il rentre chez lui, en empruntant de nombreux détours, de manière à ce que personne ne puisse lui mettre le grappin dessus. Et pendant qu'il se fait le plus microscopique possible au moment de traverser porches et arrière-cours d'immeuble, un soupçon détestable creuse des galeries dans son cerveau. Qu'est-ce que le principal a pu dire à Trois Tonnes dans le couloir ? Pourquoi Trois Tonnes a-t-il subitement cessé de l'enguirlander alors qu'il aurait dû le suspendre par la fenêtre en lui tenant l'oreille ? Une fois dans la Oscarsgate, il marche à reculons par acquit de conscience : si des gens tentent de le suivre à la trace, ils croiront qu'il est revenu sur ses pas. Il découvre soudain d'autres empreintes dans la neige. Il s'arrête pour les examiner. Elles forment deux pieds, séparés l'un de l'autre d'une distance d'au moins un mètre, mais qui rebiquent en dedans. De chaque côté, on aperçoit la marque d'une canne. Il est quasiment impossible de déterminer dans quel sens ces empreintes avancent. Herman les étudie longuement, les suit jusqu'à l'avenue Frognerveien où elles tournent à gauche et longent les rails du tramway pour aboutir à la Langbreckes gate. Là, elles se terminent devant une boutique. Herman lève les yeux : *Salon de beauté et de soins des pieds de Frogner.* Il plaque son visage contre la vitrine, les deux mains en paravent. Au fond, il aperçoit la Dame aux termites. Elle a les pieds sur un repose-pieds. Une dame à genoux lui triture les orteils pendant qu'une troisième lui tripatouille les doigts. Herman retient son souffle. Peut-être qu'elles cherchent des termites… Il n'en voit nulle part. À moins qu'elles ne les mettent dans la cuvette qu'il voit par terre.

Et pile à ce moment-là, elle tourne la tête, la Dame aux termites. Elle regarde vers la vitrine. Herman se baisse illico mais c'est trop tard. Elle a déjà remarqué sa présence. Elle n'a pas l'air particulièrement en colère, mais semble plutôt d'une insondable tristesse, ce qui est encore pire. Herman détale aussitôt, une main retenant son bonnet. Il pique un sprint sans s'arrêter jusqu'à ce qu'il gagne la Drammensveien. Là, il ralentit sa vitesse, passe tranquillement devant l'épicerie de Jacobsen, en se gardant bien de jeter le moindre coup d'œil à l'intérieur. Ses soupçons ne le quittent pas : qui a pu téléphoner au principal ce matin ? Sa mère sort du magasin et court le rejoindre. Herman l'ignore. Elle le rattrape au carrefour suivant, essoufflée, affolée.

— Mais Herman, voyons… Il t'est arrivé quelque chose ?

— Pas à ma connaissance.

Il regarde ailleurs. Sa mère se poste devant lui en le contournant. Elle n'est pas la même que d'habitude. Il commence à saisir le fin mot de l'histoire. Ce n'est pas qu'ils croient qu'ils vont pouvoir rouler aussi facilement quelqu'un comme Herman Fulkt.

— Tout à l'heure, le tramway est entré en collision avec la voiture de Jacobsen junior, explique-t-elle. Il a éraflé toute l'aile. Junior n'avait pas remarqué les rails à cause de la neige.

Herman l'écoute d'une oreille et demie.

— Ça s'est presque fini en bataille rangée. Il a frappé le chauffeur à la tête avec une carotte !

Elle éclate de rire. Herman a décidé de ne pas rire.

— Mais qu'est-ce que tu as fait du pompon ?

— Rien.

— Pourtant il n'est plus là…

— Tu l'avais mal cousu. Il est tombé de lui-même.

Herman poursuit sa route et laisse sa mère en plan, qui, sans bouger, le regarde partir. Il ne prend pas soin de se retourner une seule fois. Il s'est remis à neiger, et elle grelotte quand elle voit son fils tourner à pas lents au prochain croisement.

9

Herman est étendu dans son lit, le regard rivé au plafond. De lui, seuls les yeux transparaissent, entre la couette et le bonnet – deux fines lignes noires.

— Il faut au moins que tu manges un peu, dit sa mère à voix basse.

Son père lui tend une grosse tranche de pain avec du fromage de chèvre et de la confiture de fraise pardessus. Ça n'a aucun effet. Herman serre les poings sous la couette. Son père va à la salle de bains, se lave les mains, change de chemise et revient pour faire lui-même un sort à la tartine. Sa mère défroisse sans cesse du plat de la main la housse de couette. Dehors, il fait déjà nuit.

— Je voulais simplement t'aider, murmure-t-elle.

— T'as mouchardé ! T'es allée rapporter au principal et maintenant toute l'école est au courant !

— C'était pas mon intention.

Elle est blanche comme un linge, sa bouche ne forme plus qu'une tache sombre.

— Ils ont été méchants envers toi, Herman ?

Herman ne quitte pas le plafond des yeux, il a l'impression de le voir se rapprocher dangereusement, au point qu'il doit sortir un bras pour l'empêcher de s'effondrer sur lui.

— Non, fait-il.

Son père a quelque chose sur le cœur, et ça doit être lourd vu comme il se ratatine sur sa chaise ; s'il continue comme ça, son torse va être aspiré par son entrejambe. La mère d'Herman lui administre un coup de coude. Au moment où il ouvre la bouche, on dirait qu'il a appris à parler pas plus tard que la veille.

— Dis, Herman. Tu sais, le peigne en métal, c'est peut-être pas une si bonne idée. Je veux dire… de l'utiliser en ce moment.

Il ne va pas plus loin dans ses explications, elle doit prendre le relais.

— Il est beaucoup trop pointu, tu comprends ? Je suis certaine que le médecin te dira la même chose demain.

Herman les regarde d'un seul œil.

— Tu le récupéreras après, ça va de soi, dit son père à toute vitesse. Quand… Quand tu seras… guéri.

Herman les regarde des deux yeux.

— Je l'ai jeté.

Ils se penchent sur lui, décomposés.

— Qu'est-ce que tu viens de dire, Herman ?

— Espèce de sales menteurs de merde !

À ces mots, ses parents se figent, le menton baissé. Puis ils se lèvent en même temps et quittent la chambre sans bruit. Sa mère laisse la porte entrebâillée : une bande de lumière blanche divise la pièce en deux, des ombres mouvantes et abominables se matérialisent de chaque côté.

— La porte, c'est pas fait pour les chiens ! crie Herman.

Elle se referme alors doucement en escamotant du même coup le faisceau lumineux sur le plancher. Désormais, la seule lumière provient du globe sur l'appui de la fenêtre. Les yeux écarquillés, Herman se dit que plus jamais il ne va se rendormir. Il va rester éveillé jusqu'à la fin de ses jours, jusqu'à ce qu'il ait perdu tous ses cheveux et que son crâne soit aussi lisse qu'un globe, qu'un marron, qu'une lune. Là, il sera envoyé dans un cirque itinérant et sera exhibé dans une cage, aux côtés du nain le plus grand du monde, du zèbre sans rayures, et les gens qui viendront l'observer se moqueront de lui à en mourir de rire.

Le plafond a certes retrouvé la place qui est la sienne, mais c'est au tour d'Herman de dégringoler. L'obscurité s'épaissit, s'amplifie à mesure qu'Herman a l'impression de sombrer dans une piscine remplie de méduses. Ses paupières, aussi lourdes que des tuiles, ne tiennent que grâce à huit allumettes disposées pour moitié devant chacune des pupilles. Puis les bruits disparaissent : le tramway dans l'avenue, la musique des radios, les voix dans les appartements, le vent sous le ciel.

Herman décide alors de se lever. Il se retrouve d'un seul coup juché sur l'appui de la fenêtre. Il ouvre la fenêtre, escalade le mur en s'aidant de la gouttière, glisse par terre. Quand il marche dans la neige, il ne laisse aucune empreinte derrière lui. Les rues sont silencieuses comme dans des rêves anciens.

Trois pas lui suffisent pour arriver au chantier de

Vika. La grue se dresse au-dessus de lui, tel un dinosaure efflanqué, posté sur ses pattes arrière, occupé à gober les étoiles. Herman grimpe à l'échelle, rien n'a jamais été si facile, il n'a même pas le vertige. Il a la sensation d'être léger comme l'air, d'être un oiseau, une feuille. Il a presque envie de lâcher prise et de s'envoler dans la nuit ; c'est dire à quel point il ne pèse rien, à quel point c'est simple, et c'est d'ailleurs tellement bon qu'il se met à entonner le couplet d'une chanson entendue à la radio, sauf que bizarrement, il n'entend pas sa propre voix.

Il s'insinue dans la cabine et regarde par la vitre. Tout en bas s'étend la ville avec ses lumières dispersées de part en part qui ne cessent de bouger. Il tend le cou, mais ne distingue ni les anges ni l'Amérique.

Puis Herman s'installe aux commandes. Et il ne chante plus à l'heure qu'il est, ça non : il vrombit sans bruit et grince des dents. Il dirige le bras articulé monumental, à droite puis à gauche, et abaisse le crochet. Puisqu'il faut bien commencer par quelqu'un, se dit-il, autant que ce soit avec ses parents. Il descend le crochet au-dessus de la Svoldergate, soulève leur lit en le faisant passer par la fenêtre, est à deux doigts de les perdre dans l'eau, à hauteur du phare de Dyna, mais arrive à installer le lit au sommet du plus grand pommier de Nesodden. Comme ça, ils auront une bonne raison pour se lever demain matin du pied gauche, et que grand bien leur fasse ! Puis il met le cap chez le docteur. Mais il n'est pas seul, ce cher docteur. Il a la visite de l'infirmière. Elle ronfle comme un sonneur, lovée contre lui. Herman ne tarde pas à lui faire sonner autre chose : il attache le crochet à leurs bras à tous les deux, les soulève en douceur et ne les relâche qu'une fois arrivé en haut de la montagne de Kikut où ils pourront continuer leur roupillon dans la neige et s'enrhumer trois fois plus. Vient ensuite le tour de Trois Tonnes. L'animal habite au quatrième étage dans le quartier de Homansbyen. Herman le suspend par la fenêtre de son nid douillet en le tenant par l'oreille. Il se débat comme un beau diable, agite ses grosses guiboles, joue la grande scène du deux, mais il a beau hurler tant qu'il peut, aucun son ne sort de sa bouche. Herman le laisse mariner un petit bout de temps pour qu'il sente passer sa douleur et qu'il la guérisse grâce aux bienfaits de son remède préféré. De là, Herman fonce chercher Glenn, Karsten et Bjørnar. Il les fait rebondir plusieurs fois de suite avant de décider de les lâcher dans les chiottes de l'école, tous les trois bien enfoncés dans la même cuvette. Quant à Jaune d'œuf et Carton-pâte, ils passeront, sans autre forme de procès, la fin de leur nuit dans le seau de colle, et le restant de leurs jours fixés l'un à l'autre comme des frères siamois. Herman ne sait pas trop quel sort réserver au Gros. Histoire d'être aussi débarrassé du barbier, il le fait tournoyer jusqu'à Holmenkollen où il le pose au bord du bord du tremplin, là où la piste descend à pic. Quant à Ruby, son programme est d'ores et déjà fixé. Herman la soulève par les cheveux et la place en haut du Monolithe. Cinq oiseaux rouges s'envolent de sa tignasse qui retombe alors comme une crêpe et pendouille sur sa tête comme un ballon crevé.

Son grand-père, en revanche, tout comme la Caisse des Consignations et la Dame aux termites, aura la paix pour cette nuit. Un jour viendra où il les soulèvera eux aussi. Son grand-père pourra choisir l'endroit où il veut que son lit à baldaquin soit transféré, la Caisse des Consignations aura le droit de virevolter au-dessus de la brasserie de la Pilestredet, et la Dame aux termites n'aura pas besoin de faire à pied le chemin qui la sépare du Salon de beauté.

Il y a de l'animation dans toute la ville, de Kikut au nord jusqu'à Nesodden au sud. Herman contemple le spectacle d'un air satisfait. Derrière lui le jour transparaît, qui n'est encore qu'un mince et fragile éventail de lumière, là-bas, tout en bas, là où le ciel finit, à moins qu'il n'y commence.

Et brusquement la porte est ouverte en grand. C'est insupportable pour les yeux. Herman se retourne contre le mur. Sauf qu'il n'y a pas de mur, mais seulement des ombres et de la poussière. Il entend deux mains frapper l'une contre l'autre puis une voix se rapprocher.

— Mais Herman… Tu es tombé du lit cette nuit ?

Il se redresse, désorienté, et se rend compte qu'il est allongé par terre. Sa mère se penche sur lui, aussitôt rejointe par son père, de la mousse plein la figure.

— On dort mieux comme ça, répond-il en réajustant son bonnet avant de se rallonger.

Ils le laissent tranquille. Son rendez-vous chez le docteur n'est pas avant midi. Il entend des pas entrer dans la cuisine où la radio diffuse un morceau très solennel d'orgue et d'écho. Il retire alors délicatement son bonnet, le retourne, cherche des cheveux. Il en trouve trois. Il les range dans le tiroir avec leurs camarades. Il tâte son crâne mais ne détecte aucune surface dénudée comme celle qu'il a trouvée hier. Il inspecte la chambre du regard et découvre seulement maintenant que le globe est tombé de l'appui de la fenêtre au cours de la nuit. Il gît sous le radiateur, brisé en mille morceaux de continents, la petite ampoule à l'intérieur est noire et grillée. Herman se souvient alors de quoi il a rêvé, il en a presque le vertige. Et par la même occasion, il se souvient que, pour la première fois, il se souvient d'un rêve.

10

La mère, assise bien droite mais dans tous ses états, les mains sur les genoux, pousse un profond et lent soupir. Le père est aussi présent, qui pour l'occasion a revêtu son costume noir qu'il n'a pas mis depuis Noël dernier ; il est un peu boudiné dedans, surtout au niveau des épaules, et les bas de pantalon tombent très loin des chaussures. Au milieu se trouve Herman, sur une mauvaise chaise branlante. Derrière eux, l'infirmière éternue à s'en percer les tympans. Le docteur se penche sur la table, renifle comme s'il était au bord des larmes, puis lève les yeux en mouillant ses lèvres avec une grande langue rouge.

Il parle sans fixer son regard nulle part.

— Les analyses effectuées confirment hélas mes craintes. Herman est atteint d'une maladie capillaire qui n'a pas le moindre caractère de gravité, mais qui implique une perte partielle, voire, dans le pire des cas, une perte totale des cheveux.

Il se lève d'un bond et contourne la table.

— Il faut maintenant que tu enlèves ton bonnet, Herman.

— Non.

— Mais je ne vais pas pouvoir voir grand-chose si tu le gardes sur toi, tu sais.

— T'en as vu assez comme ça.

Sa mère tente le coup.

— Allez, Herman. Retire ton bonnet. Il n'y a que nous.

Herman le retient des deux mains. Son père, le front en sueur, est obligé de desserrer sa cravate.

— Il ne va pas pouvoir t'aider si tu gardes ton bonnet, dit sa mère.

— Personne ne peut m'aider.

L'infirmière s'approche, se fend d'un bref éternuement, puis se baisse à la hauteur d'Herman.

— Regarde ce que j'ai pour toi : un chocolat à la pâte d'amande. Tu le veux ?

Herman retire les mains de sa tête, rien qu'une seconde durant laquelle l'infirmière en profite pour lui piquer son bonnet. Après quoi elle tourne les talons et éternue de plus belle.

— Ça c'était vraiment mesquin, dit Herman entre ses dents.

— Il n'est pas sain de se promener tout le temps en bonnet, explique le médecin en se grattant le nez. Ça empêche l'aération des follicules. Et le cheveu a besoin d'air ! Les chapeaux de feutre trop serrés, les foulards et les turbans peuvent nuire fortement à la croissance du cheveu. Le mieux est encore de marcher tête nue, Herman.

L'infirmière tend le bonnet à la mère d'Herman sans pouvoir retenir un éternuement.

— On parie que vous vous êtes contaminés tous les deux ? lance Herman. Et je sais même comment !

Son père tambourine des cinq doigts contre l'accoudoir, sa mère lâche un rire bref qu'elle ravale aussi vite, le docteur rougit de la pomme d'Adam jusqu'au sommet du crâne. Sur ces entrefaites, il s'empare d'une loupe et se penche sur la tête d'Herman. Il met un temps infini. Ses mains sont plus molles que celles de Jaune d'œuf, c'est un peu comme avoir des limaces dans les cheveux. Pile au même moment, il en arrache un. Herman pousse un cri et lui donne un coup de pied dans la jambe. Le docteur clopine jusqu'à son bureau en enfouissant son nez dans son mouchoir.

— Les symptômes ne font pas l'ombre d'un doute, hélas. Herman a déjà perdu une touffe de cheveux, comme vous avez pu vous en rendre compte.

Il exhibe le petit cheveu qu'il vient de subtiliser.

— Voici ce qu'on appelle communément du duvet, qui pousse autour des plaques chauves.

— Du duvet ?

— Exactement. L'apparition du duvet signifie que la maladie est d'un certain point de vue en pleine évolution. Tu comprends ce que je suis en train d'expliquer, Herman ?

— Je veux qu'on me rende mon duvet.

Le docteur les regarde, un peu ahuri, et lui tend le petit cheveu qu'Herman enfourne dans sa poche.

— Mais d'où ça vient ? demande la mère. Quelles en sont les causes ?

— Nous ne le savons pas avec certitude. Certains pensent que l'hérédité entre en ligne de compte.

D'autres pensent que l'anxiété est un facteur aggravant.

Il fixe brusquement Herman.

— Aurais-tu de bonnes raisons d'être anxieux, Herman ? Quelque chose, quelqu'un en particulier qui te tourmente ?

Herman ne répond pas.

— À l'école peut-être ? Ou un rêve que tu as fait ?

Herman baisse la tête, un ruisseau enfle derrière ses deux yeux. Le silence est si profond qu'ils entendent une anguille se retourner dans l'océan Atlantique. Sa mère pose sur lui une main quasi transparente.

— Il faut que tu nous le dises, Herman, si tu es anxieux par rapport à quelque chose.

Il lève les yeux, fixe son regard sur un point au-delà du médecin, en direction de la fenêtre.

— Je voudrais ne pas avoir à monter dans la grue, répond-il à voix basse.

La mère regarde le père dont les lèvres tremblent tout à coup.

— Mais tu… Tu n'as pas besoin de m'accompagner si… Si tu ne le veux pas. Je… Je le comprends parfaitement, Herman. Je croyais juste que…

Il ne parvient pas à prononcer un mot de plus et se rétrécit dans sa chaise. Herman n'ose pas le regarder. Le docteur prend un bloc de papier. La mère est assise tout au bord de la chaise.

— Mais il n'y a rien que nous puissions faire ?

— Non. En fait, non. Nous devons laisser le temps faire son œuvre et nous aider du temps. Et n'allez surtout pas croire les publicités dans les magazines. Ce n'est que de la poudre aux yeux. Les lotions et autres pommades capillaires font plus de mal que de bien.

— Mais combien de temps cela prendra-t-il avant que…

Elle ferme la bouche et regarde Herman à la dérobée.

— Avant qu'éventuellement il ne devienne chauve ? Comme je vous l'ai dit, nos connaissances en la matière sont limitées. Les cheveux peuvent repousser un jour, mais je ne peux ni ne veux rien vous promettre. La seule chose que je sois en mesure de vous proposer est l'achat d'une perruque, quand ce jour viendra.

— Où est la plante ? demande Herman brusquement.

Le docteur tourne rapidement la tête vers le rebord de la fenêtre et se façonne un sourire oblique sous son nez gonflé.

— Elle a fané.

En sortant, Herman récupère son bonnet. Il l'enfonce sur sa tête d'un geste énergique et regarde l'infirmière dans le blanc des yeux. Une petite étiquette fichée sur sa blouse indique son nom.

— Vous avez bien dormi cette nuit tous les deux dans la teinturerie de Homansbyen ?

L'infirmière est tellement confuse qu'elle éternue quatre fois de suite.

— Vous me devez encore un chocolat.

Ce sera la dernière parole d'Herman.

Une fois dans la rue, il manque de passer sous

une échelle. Sa mère le tire juste à temps. Ils lèvent tous les trois la tête et regardent en l'air. Un vieux bonhomme à l'allure de ramoneur est en train de changer le titre du film sur le panneau au-dessus du cinéma de Frogner. De Zorro, il ne reste qu'un O. Il décroche la lettre, la fait tomber par terre, saisit une boîte en contenant d'autres, un brin plus petites car le titre est un brin plus long. QUASIMODO, est-il en fin de compte écrit.

Et, sur le trottoir, dans la neige, Zorro est tout démantibulé. ROZOR. ORRZO. ZOROR. Le vieux bonhomme descend de l'échelle et range les lettres dans sa boîte.

— Il ne devait pas y avoir un nouveau film de Zorro ? demande le père d'Herman.

— Vous voyez bien ce qui figure sur l'affiche : *Quasimodo.* Avec Charles Laughton. Pas vraiment un truc pour les mineurs.

— Oui, d'accord. Mais vous n'aviez pas prévu la suite de *Zorro* ?

— Désolé. La copie a été détruite lors d'une attaque à main armée, dans une poste du Nouveau-Mexique.

La boîte sous le bras, il ouvre la porte du cinéma. Le père l'arrête.

— Mais... Comment ça s'est terminé ?

— Ils se sont fait la belle avec un million de dollars. Deux postiers ont été tués et quatre clients gravement blessés.

— Je veux parler de Zorro.

— Ce que j'en sais, moi… Il a sûrement réussi à avoir la fille. C'est toujours comme ça que ça finit.

La porte se referme sur lui, le père se tourne vers Herman, hausse les épaules en signe d'impuissance, ne sachant ni quoi faire ni quoi dire. Ils restent là un petit moment, cherchent un sujet de conversation, n'en trouvent pas, comme si leurs lettres à eux aussi avaient été déplacées et formaient à présent dans leur bouche des mots imprononçables, en langues étrangères.

Le père parvient finalement à formuler une phrase en norvégien.

— Ouh là là, voilà mon tram ! Ça urge ! crie-t-il avant de se précipiter à l'arrêt de tramway et de sauter sur la plate-forme.

Il leur fait de grands signes de la main, à trois reprises, jusqu'à ce qu'il disparaisse de leur champ de vision.

Herman et sa mère poursuivent leur chemin sur l'avenue. Et pour la seconde fois, elle le tire juste avant qu'il ne passe sous une échelle.

— Ça porte malheur de passer sous une échelle, explique-t-elle à toute vitesse.

— Le malheur est déjà arrivé, rétorque Herman en donnant un coup de pied tellement violent dans la neige qu'il heurte le bitume du bout de sa chaussure.

— Ne dis pas ça, l'implore sa mère en lui serrant la main. Devine ce qu'on va manger ce soir ?

Herman retire sa main et la fourre dans sa poche.

— Des boulettes de viande, je parierais, avec plein de grumeaux dégueulasses dans la sauce.

Sa mère renonce. Ils cheminent en inscrivant dans la neige des pas qui s'éloignent de plus en plus l'un de l'autre.

— Je veux pas de perruque, dit Herman à voix basse.

Elle se rapproche de lui.

— Il n'est pas non plus certain que tu en aies besoin. Tu sais ce qu'a dit le docteur : rien n'est sûr.

— Y a que les filles qui portent des perruques. Je suis pas une fille.

Et là il aperçoit Ruby, assise sur l'escalier qui mène à la Lille Frogner allé. Elle aussi l'a vu. Des cache-oreilles jaunes repoussent ses cheveux en arrière, qui forment comme une immense touffe autour de sa tête. Elle le suit des yeux, la main légèrement tendue, comme si elle ne se décidait pas à le saluer.

Herman, le dos droit, regarde partout ailleurs et descend la Gabelsgate à vive allure. Sa mère presse le pas pour ne pas le perdre.

— Ce n'était pas Ruby ? demande-t-elle.

— Qui ?

— Ruby, qui est dans ta classe.

— On connaît pas de Ruby.

— Mais si, Ruby, avec les cheveux roux.

Herman refuse de répondre. Il marche encore plus vite, il est en train de semer sa mère. Elle ne le rattrape qu'une fois devant l'épicerie de Jacobsen. Là, complètement essoufflée, elle est forcée de s'appuyer à lui pour reprendre haleine.

— Tu n'as pas besoin d'aller voir grand-père aujourd'hui, si tu ne veux pas, dit-elle enfin.

— On veut.

Elle lui sourit alors, longuement. Lorsqu'elle veut entrer dans la boutique pour aller chercher le carton destiné au grand-père, Jacobsen junior lui tient la porte en lui faisant une telle révérence qu'il a presque les lacets entre les dents.

— Mais je vous en prie, chère madame Fulkt !

Il aperçoit Herman, se redresse comme s'il venait de recevoir une décharge électrique et plaque ses mains dans son dos.

— Mais qui je vois ! Monsieur Herman en personne... Tu veux faire un tour en voiture ? Dans ma Triumph ?

— On préfère marcher.

Jacobsen junior tire un crayon de sa poche de poitrine et le lui tend.

— Et voilà ce qui t'appartient désormais !

— Non et non et trois fois non !

Herman prend le carton et évolue dans les rues d'un pas hésitant et oscillant, comme s'il portait un bocal avec un poisson rouge dedans. Il regrette un peu de ne pas avoir, la nuit dernière, une bonne fois réglé son compte à Jacobsen junior. Il l'aurait échoué sur l'îlot paumé dans le fjord d'Oslo où se trouve le phare de Færder, avec sa caisse enregistreuse en guise d'embarcation pour rentrer chez lui.

Dans son lit à baldaquin, le grand-père paraît encore plus blême, encore plus maigre. Quand il sourit, il est forcé de se tenir le coin de la bouche avec les mains. Ce qui ne l'empêche nullement de sourire.

Herman pose le carton sur la table de nuit, son grand-père se hisse en haut de l'oreiller.

— Voyons voir ce qu'il y a aujourd'hui, dit-il en déballant les affaires.

Herman trouve une chaise et le regarde étaler sur le lit les bouteilles de lait, des médaillons de porc, trois œufs durs, une moitié de pain, deux brioches aux raisins secs, une carotte et une boîte de maquereau à la tomate. Ses yeux s'écarquillent démesurément tandis qu'il brandit comme un trophée une barre oblongue et dorée.

— Regarde, Herman. Du chocolat à la pâte d'amandes ! Ça, pour une surprise…

Il ne se fait pas prier pour retirer le papier, casse la barre en deux et en donne la moitié à Herman.

— On n'a qu'à la manger maintenant. Et tant pis si ce n'est pas l'heure !

Il retrouve un peu de couleurs qu'il dilue dans une gorgée de lait. Il s'enfonce dans les draps et pose de nouveau son regard sur Herman.

— Et dehors, comment ça se passe ?

— Il s'est mis à neiger, grand-père.

— Oui, je me disais bien aussi… Je le sentais en moi que l'hiver était arrivé.

Ils se taisent un long moment. Le grand-père remonte son oreiller et sourit.

— Un ange vient de passer…, chuchote-t-il.

Herman inspecte la pièce mais ne voit d'anges nulle part, rien que de la poussière qui flotte lentement au-dessus du plancher. Les anges sont-ils de la poussière ? Il a entendu parler de gens qui mordaient la poussière. Peut-être que c'est ça, au fond, mourir.

Son grand-père est secoué par un petit rire bref, et il n'est rien de dire que ce rire est mince.

— Ne te fais pas de soucis pour eux. Pour les anges, je veux dire. Ce sont des gens bien, en général.

— Qui sont les anges, grand-père ?

— Les anges… Les anges sont le silence.

Cette phrase continue de lui trotter dans la tête au même rythme que les anges qui arpentent la chambre. Herman rapproche sa chaise du lit.

— Dis-moi, grand-père.

— Je t'écoute, Herman.

— Tes cheveux, quand est-ce que tu les as perdus ?

— Ah, eux… Figure-toi que j'ai commencé à les perdre en Turquie. Pendant la guerre mondiale à laquelle j'ai participé, tu te souviens. On avait été faits prisonniers dans une cellule souterraine. C'est là que mon front s'est dégarni, comme on dit.

Il se touche le haut de la tête et entrouvre les paupières.

— Mais ce n'est rien comparé à mon camarade. Waldemar. Waldemar était le capitaine de notre bataillon. Les Turcs l'ont interrogé pendant quarante jours et quarante nuits. Mais Waldemar avait la bouche fermée à double tour, avec un cadenas dehors et un autre dedans. À la fin, ils lui ont tiré dessus. Pourtant, il n'a rien senti. Il avait les yeux bandés, tu comprends. Et un revolver sur la tempe. En fait ils en ont tué un autre, à sa place, et en même temps. Ils ont fait ça pour lui flanquer la frousse, à Waldemar. Mais Waldemar n'était pas du genre à pétocher pour un rien. Sauf que quand il est revenu dans la cellule, il a perdu tous ses cheveux en l'espace de quinze secondes.

Herman se tortille sur sa chaise.

— Il a perdu tous ses cheveux en quinze secondes ?

— Exactement ! On a chronométré.

— Et toi, grand-père ? Tu as mis combien de temps pour les perdre ?

— Des années et des années. Et encore… Je ne me suis plus regardé dans une glace depuis 1949.

Herman a la bouche tellement sèche qu'il boit une grande gorgée de lait.

— Et tu n'as rien pu faire ?

— Pour Waldemar ? J'ai bien peur que non. En fait, Waldemar était archéologue.

— Arqué à quoi ?

— Un archéologue, c'est quelqu'un qui fouille dans la mémoire. Après la guerre, Waldemar est parti en Égypte. Là, il a trouvé un petit bonhomme du nom de Toutankhamon. Il était mort depuis trois mille ans. Il se trouvait sous une pyramide. Et je peux te dire qu'il était frais comme un gardon, mis à part qu'il était mort, bien sûr. Il était étendu dans un cercueil en or, et tu sais ce qu'il avait sur la tête, Toutankhamon ?

Herman ne le sait pas. Il est forcé de secouer le bras de son grand-père pour que celui-ci ne s'endorme pas.

— Qu'est-ce qu'il avait sur la tête, grand-père ?

— Une perruque de toute beauté. À cette époque, seuls les pharaons avaient le droit de porter une perruque. Porter une perruque était considéré comme un grand honneur.

D'un doigt crochu, il fait signe à Herman de s'approcher.

— Et ce que je vais te révéler maintenant, il faudra que tu ne le racontes à personne, tu m'entends ? Eh bien Waldemar, ni une ni deux, il a pris la perruque et il l'a portée toute sa vie.

Il avale une moitié de médaillon de porc, puis s'endort. Herman est obligé de le réveiller.

— Mais toi, qu'est-ce que tu as fait ?

Le grand-père ouvre les yeux en sursaut, un peu désorienté.

— Moi ? J'ai bu de la bière.

Le silence se réinstalle sur l'oreiller. Herman n'ose pas poser d'autres questions. Il attend. Les anges s'extraient de sous le lit, l'horloge tictaque dans son coin, comme si elle battait la mesure au rythme d'une mélodie inaudible.

Le grand-père relève les épaules et accroche son regard dans les yeux d'Herman.

— Joli bonnet que tu as.

— Tu as bu de la bière ?

— Tu comprends, j'avais lu dans un magazine étranger que la bière faisait du bien aux cheveux. Mais ta grand-mère ne me donnait pas la permission d'en boire beaucoup. Tu te souviens d'elle, Herman ?

— Elle est morte avant ma naissance.

— Dommage. Parce qu'elle, tu vois, c'était vraiment quelqu'un de bien. Pour la bière par contre, là, ça ne rigolait pas. Tu sais ce qu'elle m'a dit un jour ? Je ne veux pas d'un homme qui soit eunuque ! Ha, ha, ha !

Il s'enfonce dans l'oreiller en entraînant avec lui un petit rire. Un ange grimpe le long du montant du lit et disparaît dans le ciel.

— Tu veux que je remonte l'horloge ? demande Herman.

Il n'obtient pas de réponse. Il va malgré tout à l'horloge, ouvre la porte et tire sur la chaîne à laquelle le poids est suspendu. Le mécanisme émet alors un craquement qui fait se redresser le grand-père dans son lit.

— Bonne idée, Herman. Elle allait trop lentement.

— Je crois plutôt qu'elle va trop vite.

— Oui, oui. C'est du pareil au même tout ça.

Herman ne rentre pas directement à la maison. Il s'arrête devant la fenêtre de la Caisse des Consignations, mais les rideaux sont baissés et l'appartement ne donne pas grand signe de vie. Herman se lance malgré tout : il entre dans la cage d'escalier et trouve la porte de la Caisse des Consignations où figure un autre nom sur l'écriteau : Gøran Frantsén. Il hésite. Et il sonne. Personne ne vient lui ouvrir. Il rappuie sur la sonnette et là, une voix étouffée, chevrotante lui parvient d'assez loin.

— Qui c'est ?

Herman se penche pour parler à travers le trou de la serrure.

— C'est Herman. Le Grappin.

— Monte, Grappin.

La porte n'étant pas fermée à clef, exactement comme chez son grand-père, Herman entre. Les pièces sont plongées dans l'obscurité, il y flotte une odeur de vieille nourriture d'il y a deux ans. La Caisse des Consignations est avachi dans un fauteuil au fond de l'appartement. Herman aperçoit des bouteilles vides jonchant de part en part le plancher où bouge quelque chose d'indéfinissable.

La Caisse des Consignations allume une lampe ; ébloui par la lumière, il regarde Herman entre ses doigts.

— La bière de Noël est arrivée ? demande-t-il.

— Pas encore.

Herman distingue à présent ce qui avance à tout petits pas sur le sol. Une tortue.

— N'aie pas peur. Si tu veux le savoir, elle s'appelle le Temps. Stop !

Mais la tortue continue son petit bonhomme de chemin comme si de rien n'était et disparaît sous un secrétaire.

La Caisse des Consignations soupire et vide une bouteille. Derrière lui, des toiles d'araignée prospèrent dans le coin. Elles ressemblent au filet de sécurité d'un cirque qui pourtant n'a été d'aucun secours pour le propriétaire des lieux. Il s'est lancé dans un salto mortale prodigieux mais s'est écrasé bien avant que le filet ne soit installé.

Herman fait quelques pas et examine la tête de la Caisse des Consignations. Ses cheveux, épais comme de la corde, poussent dans tous les sens.

— Tu bois beaucoup de bière, hein.

La Caisse des Consignations hoche la tête d'un air grave.

— Je vais bientôt battre le record du monde. Mais faut-il encore que j'aie suffisamment de bière pour y arriver…

Il décapsule une autre bouteille qu'il siffle sans attendre. Herman a presque l'impression de voir ses cheveux pousser pendant qu'il boit. La tortue montre sa tête un instant, pour très vite la rentrer en dodelinant. La Caisse des Consignations émet un rot sonore et interminable.

— La neige est fatale pour mes pauvres yeux. En hiver, je ne peux pas mettre le nez dehors.

— Je peux aller t'acheter de la bière si tu veux, propose Herman.

La Caisse des Consignations sourit de toutes ses dents dont il est absolument dépourvu.

— Ça c'est un Grappin efficace ! On a peut-être encore nos chances pour le record du monde. Mais n'oublie pas de rapporter une feuille de salade. Pour le Temps.

Armé des deux billets qui lui sont confiés, Herman court à l'épicerie de Jacobsen. C'est bientôt l'heure de la fermeture, sa mère est déjà rentrée. Jacobsen junior compte sa caisse, des petits cercles en plastique autour des doigts.

Herman pose l'argent sur le comptoir.

— De la bière et de la salade ! Et que ça saute !

Jacobsen junior le toise d'un œil suspicieux avant de réorganiser l'ordre de ses crayons dans sa poche de poitrine.

— Et à qui est-ce censé être destiné ?

— Pour la Caisse des Consignations. Magne-toi ! Si ça se trouve, il va pouvoir battre le record du monde !

Jacobsen junior lève les yeux au ciel, et personne ne les lève aussi haut que lui ; à peine s'ils ne vont pas sortir de leurs orbites et s'envoler dans les airs. Dans un carton, et sans leur concéder le moindre regard, il range les bouteilles qu'il coiffe d'une tête de salade fanée.

Herman prend les commissions entre ses bras. Jacobsen junior ne daigne pas venir lui tenir la porte, trop occupé derrière son comptoir à compter ses billets de banque.

— Tu lui diras de ma part que je garde la monnaie. Comme ça, il épongera une partie de ses dettes en plus du reste...

Herman parvient à ouvrir en s'aidant de sa botte gauche.

— Tu ferais mieux de te tenir à l'écart de lui !

— Et toi tu ferais mieux de te tenir à l'écart de ma mère ! rétorque Herman en claquant la porte.

Avant de rapporter le carton à qui il revient de droit, Herman retire deux bouteilles qu'il dissimule sous l'escalier. Quand il entre, la Caisse des Consignations est déjà prêt, le décapsuleur à la main.

Il boit trois bouteilles d'affilée et lance la tête de salade à proximité du secrétaire.

— C'est l'heure de manger !

Herman regarde deux photographies accrochées au mur. La plus grande est celle du roi Haakon. Lui non plus ne peut guère se vanter d'avoir beaucoup de cheveux sur le caillou, mais il ne devait pas boire beaucoup de bière. L'autre photo représente une dame avec un immense chapeau sur la tête et une rose entre les dents. Voilà d'ailleurs à quoi se résume sa tenue.

— C'est la princesse belge ? demande Herman.

— Peut-être, marmonne-t-il dans sa barbe de trois jours. Peut-être, oui. Oui, c'est sûrement la princesse belge.

À ces mots, il éteint la lampe et s'enfonce dans son fauteuil, sous les toiles d'araignée. Herman se retire à pas feutrés, en profite pour emprunter le décapsuleur et quitte l'appartement à reculons.

Il enfonce les bouteilles dans chaque poche, jette un coup d'œil à l'angle de la rue : la voie est libre. Il traverse en courant jusqu'au square le plus proche, enjambe la grille et s'installe là, derrière un arbre dans une pente qui se termine sur les lignes de chemin de fer.

Il ouvre la première bouteille, avale une gorgée qui lui pétille immédiatement dans les narines et rejaillit par tous les trous de son visage. Le goût est encore plus répugnant que le velouté de champignons et l'huile de foie de morue réunis, mais c'est peut-être le but. La deuxième tentative se révèle plus concluante puisqu'il arrive à ingurgiter le liquide, mais il n'y est pas autant allé de main morte qu'avant. Une sensation de brûlure se répand derrière les paupières, son ventre regimbe en émettant un long crépitement. Il se détend. Il boit une nouvelle et grande rasade, se gargarise la gorge, puis engloutit le liquide. Brusquement il se redresse, comme monté sur ressort, mais se rassied encore plus vite qu'il ne s'était levé. Un train passe devant lui. Herman distingue les visages éreintés derrière les fenêtres jaunes. Le crépuscule commence déjà à dégringoler du ciel. La pointe de Frogner s'encastre dans le quartier de Bygdøy, les vagues du fjord d'Oslo sont greffées de défenses blanches qui encornent à tout va ; perchée sur le toit de la société Banan-Matthiesen, la banane en guise de logo ressemble à une lune épluchée, tandis qu'au loin, l'ombre d'un cargo ulule à proximité du phare de Dyna.

La bouteille est presque vide. Herman avale la dernière gorgée d'un coup de glotte. Il fait durer l'effet, le temps pour le fort d'Oscarsborg d'allumer ses lumières, et pour le vent de sectionner la banane. Herman retire alors son bonnet et tâte des deux mains. Il ne remarque aucune espèce de différence. Au moment où ses doigts atteignent la plaque chauve, il retire sa main en vitesse, comme s'il venait de se brûler. En fait il en faut plus, de bière. Ni une ni deux, il décapsule la seconde bouteille et va droit au but. Il la vide sur sa tête et frotte la bière contre son crâne pour qu'elle pénètre correctement dans les bulbes. Ceci fait, Herman remet son bonnet. Et il attend. Il attend jusqu'au passage du dernier train qui file en trombe sans rien laisser transparaître, aucun visage d'aucune sorte, mais seulement des fenêtres vides et des rideaux noirs qui volent au vent.

Herman quitte les lieux. Ça s'agite drôlement là-haut, dans sa tête. Tellement qu'il prend un gadin en voulant à nouveau enjamber la grille. Il profite d'être par terre pour se tortiller dans la neige et faire des figures. Quand il a dessiné un bel ange, il se met en route en avançant à quatre pattes. Après de très nombreux détours, il retrouve sa rue. Un lampadaire l'aide à se remettre sur ses pieds. Sauf qu'une compétition de gymnastique se déroule en ce moment même derrière son front et que les athlètes ont chamboulé son immeuble qui se retrouve la tête en bas. Herman se propulse vers l'autre trottoir comme un crabe désorienté, déniche enfin la bonne cage d'escalier et s'agrippe à la rampe. Voilà maintenant que l'agitation dans sa tête s'est propagée à son ventre et que les marches sont tellement hautes et raides qu'il doit s'asseoir pour se reposer une minute. Il entend alors une porte s'ouvrir ainsi que des voix qu'il lui semble vaguement reconnaître, mais il n'a pas la force de s'interroger davantage. Il a assez à faire avec lui-même. Soudain, un visage se forme devant lui, qui ressemblerait comme deux gouttes d'eau à celui de sa mère, mis à part qu'elle n'a pas trop l'habitude d'avoir deux têtes et quatre yeux.

Ça discute dans tous les coins.

— Herman ? Tu es malade, Herman ?

Il n'arrive pas à répondre. Sa langue pèse plusieurs kilos et ne tient presque plus dans sa bouche.

Ce sont à présent quatre têtes et tout autant de nez qui s'approchent.

— Herman ! Tu as bu de la bière, Herman ?

Un bref silence intervient, mais sans aucun ange à sa suite.

— Mais Herman... Tu es pompette !

Là, lui revient en mémoire ce que son père a l'habitude de faire quand, les dimanches, il s'adonne à la magie. Herman lève sa main des deux mains pour se mettre un doigt dans le fond de la gorge. Il n'a pas le temps d'aller si loin. Et ne sait trop ce qui surgit en premier : le contenu de son estomac ou le cri de sa mère. Toujours est-il qu'il dégobille, et qui plus est longtemps puisqu'un floc copieux résonne jusqu'au rez-de-chaussée. Le reste n'est qu'un fatras de larmes et de douleurs, suivies de bras qui le soulèvent. Il ne sait rien de la suite, jusqu'au moment où il se réveille dans la baignoire avec sa mère qui essaie de lui dévisser la tête.

— Mais il est gelé !

Son père tente sa chance. Herman n'a pas le courage de résister. Il les laisse faire. Quand enfin ils y sont arrivés, sa mère tient le bonnet dans sa main, le retourne, le renifle. Aussitôt après, elle en veut aux cheveux d'Herman.

— Herman, tu t'es pris de la bière dans les cheveux ?

— De la lotion capillaire, rectifie-t-il.

Il entend des rires, qui ne durent cependant pas. La douche est alors éteinte et il se retrouve dans son lit, le ventre glacé mais la tête surchauffée. Sa mère s'est installée dans une chaise juste à côté et son père se tient debout derrière elle. Tout à coup, il se rend compte que le globe a retrouvé sa place sur l'appui de la fenêtre et qu'il brille plus que jamais.

— Le globe, dit-il en alliant le geste à la parole.

— Papa en a acheté un nouveau. Dis-moi, Herman. Où as-tu trouvé de la bière ?

— Je l'ai piquée.

— Piquée ? À l'épicerie de Jacobsen ?

— À la Caisse des Consignations.

— C'est lui qui t'a fourré cette idée-là dans la tête ? Je veux dire, de t'enduire le cuir chevelu de bière ?

— C'est Toutaucanon.

— Toutaucanon ? Mais qu'est-ce que tu racontes ?

— Ça a marché ?

— Non, Herman. Ce genre de choses ne marche pas du tout. Nous devons laisser le temps faire son œuvre et nous aider du temps, comme nous a dit le docteur.

Herman se redresse dans son lit et, pendant un bref instant, il a de nouveau quatre parents. Il y en a deux de trop.

— C'est qui Eudes Nuque ? demande-t-il.

Sa mère écarquille les yeux de frayeur.

— Eudes ? Tu as rencontré quelqu'un qui s'appelle Eudes, Herman ?

— Eudes. Que grand-père connaissait.

Sa mère, soulagée, se rapproche du lit.

— Ton grand-père t'a parlé de quelqu'un qui s'appelait Eudes ?

— Oui, Eudes Nuque.

Elle jette l'éponge et cède sa place au père. Il a encore une fois quelque chose sur le cœur, ses mains sont lourdes et maladroites.

— Dis-moi, Herman… comment tu te sens, là ?

— Non.

— Je comprends. Pas terrible, quoi.

Il regarde en l'air. Le globe jette une lumière étrange sur la moitié du visage qu'elle éclaire. Sa mère tambourine des doigts d'impatience.

— T'as vu que j'avais acheté un nouveau globe ?

— Merci. Et au revoir.

— Mais de rien. Il en faut un, de globe, pour savoir où on est.

Son père est silencieux longtemps à la fois.

— Ce que je voulais te dire, Herman… J'ai un peu cogité à ce machin, là, de grue. Bien sûr qu'on n'a pas besoin d'y monter. De toute manière, y a pas de quoi flamber, hein. La vue est mauvaise, alors… Ça t'a beaucoup perturbé, Herman ?

— M'en souviens plus.

— Bon. Ben on en reste là, alors. Et on oublie.

— D'accord.

Son père a soudain une autre idée.

— Mais on aura qu'à aller à la pêche à l'anguille. Hein ? Qu'est-ce que t'en dis ?

Herman tire sur le bord de la couette.

— Maintenant que tu le dis…

— C'est d'accord ?

Son père esquisse un sourire dans la lumière du globe et se penche sur lui.

Herman dort déjà.

11

Herman sent quelqu'un lui chatouiller le visage. Au début, comme c'est très agréable, il grogne dans son sommeil. Mais très vite, ça ne l'est plus du tout. Ça le démange dans les narines, ça le gratte derrière le front ; il a presque l'impression d'avoir une nuée de moustiques dans la gorge. Les coups de poing qu'il distribue dans le noir ne lui sont d'aucun secours. Son éternuement le réveille pour de bon – une sonnerie de trompette dont le rugissement fait pivoter le globe et sursauter les rideaux. La lumière extérieure remplit immédiatement la chambre. Herman se redresse dans son lit et voit des cheveux retomber lentement par terre. Il ferme les yeux, tâte délicatement son crâne, avec un seul doigt pour commencer, puis avec les deux mains. Il tombe sur une nouvelle plaque, juste au-dessus de l'autre oreille, puis une seconde, en haut du front. Où est mon bonnet ? songe Herman. *Où est mon bonnet ?*

Il entend des pas et se cache illico sous la couette. La porte s'ouvre, sa mère jette un œil.

— Herman, tu es là ?

— Ici.

— Je n'ai pas le droit de te voir ?

— Mon bonnet, se contente-t-il de répondre.

— J'ai été forcée de le laver. Il était plein de bière.

— Aboule !

Il tend une main, attrape son bonnet, l'enfonce sur son crâne, et seulement ensuite, pousse la couette sur le côté.

— Bonjour, Herman. Tu ne t'es pas enrhumé ?

— Non.

— Tu n'es pas obligé d'aller à l'école si tu n'as pas envie. Il est déjà neuf heures. Papa est parti au travail depuis longtemps.

— Tant mieux pour lui.

— Tu te souviens de ce qu'a dit le docteur à propos du bonnet ?

— Non et non et trois fois non.

Sa mère inspecte silencieusement la pièce du regard et ramasse quelques mèches.

— Lâche-les ! crie Herman.

Elle s'exécute, se fige un instant en lui tournant le dos, puis lui fait face de nouveau.

— Tu as encore perdu des cheveux cette nuit, Herman ?

Il replie la couette sur lui.

— Je boirai plus jamais de bière.

— Oui, ça de toute façon. Mais ce n'est pas à cause de la bière que tu perds tes cheveux, Herman.

Elle s'assied sur le bord du lit, cherche sous la couette avec sa main qu'Herman repousse énergiquement.

— Je crains que nous ne puissions pas faire grand-chose, à part laisser le temps faire son œuvre et nous aider du temps.

— Le temps est une tortue, répond Herman.

— Une tortue ?

— Qui mange des têtes de salade et ne peut pas m'aider.

La mère d'Herman rumine ce qu'elle vient d'entendre. Puis elle se lève lentement.

— Bon, il faut presque que j'y aille, moi maintenant. Tu te débrouilleras tout seul, Herman ?

— Va-t'en.

— Le petit déjeuner est dans la cuisine.

— Va-t'en.

— Je peux rester, si c'est ce que tu veux…

— Je me débrouillerai.

— Bien sûr. On fait comme ça alors. À plus tard.

Elle hésite une seconde.

— À plus tard ?

— À plus tard.

Et elle s'en va. Elle chemine dans l'escalier, trottine dans la rue. Herman attend qu'elle soit derrière le comptoir de l'épicerie et qu'elle pèse des parts de gratin de poisson pour glisser ses pieds dans ses chaussons. Il se faufile dans l'appartement, quand bien même il le sait vide. C'est étrange, il n'a pas le souvenir d'y être jamais resté seul de cette manière. Tout lui semble brusquement si différent : les pièces ont l'air plus grandes, la lumière plus crue ; même l'odeur n'est pas comme d'habitude, ça sent la poussière et le tabac froid. Et le silence est si grand, aucune radio, aucune voix, aucune assiette qui se casse. Peut-être qu'en fin de compte il n'est pas seul. Peut-être que les anges sont présents. Herman s'arrête dans le salon qu'il fouille du regard. Son grand-père a beau dire que les anges sont des créatures sympathiques, lui, il ne les aime pas, surtout quand ils se permettent de jouer à cache-cache en silence avec lui. Si ça se trouve, ce sont des espions. Des espions à la solde de Dieu, même.

Il se met à parler à voix haute pour se débarrasser d'eux.

— 1, 2, 3, soleil!

Il tend l'oreille. Un écho assourdissant de pas lui parvient en provenance de la cage d'escalier. Il se poste à la fenêtre, il attend. Deux éboueurs sortent avec chacun une énorme poubelle sur le dos.

— Bon vent!

Son inspection le mène à la chambre de ses parents. Il ouvre la porte prudemment, se sent obligé de jeter un coup d'œil par-dessus son épaule pour être tout à fait sûr que personne ne l'observe. Puis il entre. Le grand lit n'a pas été fait, la couette est tombée par terre, le pyjama à pois de son père repose sur le pyjama à pois de sa mère. Herman s'apprête à les ranger mais se ravise à la dernière seconde.

L'angle de la pièce accueille une coiffeuse, dans laquelle on peut se regarder de tous les côtés, comme chez le Gros, sauf que les miroirs du meuble sont beaucoup plus petits. Herman hésite, fait un pas en avant, s'immobilise. Il préférerait sortir en courant, mais c'est plus fort que lui, il ne peut pas s'en empêcher. Il ferme les yeux, s'assied devant la coiffeuse, la tête penchée. Il retire son bonnet. Il lève alors les yeux, et là, dès l'instant où il se voit, de face, de profil, il crie. Et quand il s'entend crier, il crie encore plus fort. Il ne lui reste que des touffes de cheveux sur le crâne où les plaques chauves se détachent comme des amanites tue-mouches. Il crie au point de renverser la chaise, il hurle au point de tomber à la renverse – mais il ne sent pas qu'il se cogne, qu'il se fait mal. Il quitte la chambre à quatre pattes, se traîne ainsi dans l'appartement où il entend quelqu'un pleurer sans savoir que c'est lui. Il trouve la porte de sa chambre, là où l'obscurité est la plus dense, où plus personne ne pleure ; il n'entend à présent que sa voix, elle résonne de toutes parts, comme si c'était le miroir à trois têtes qui parlait.

— Tu es moche, Herman. Tu es moche ! Tu es moche, moche, moche !

Le noir devient plus poisseux chaque fois qu'il répète la phrase :

— Tu es moche, Herman. Tu es moche !

L'obscurité s'insinue par ses yeux, s'installe dans chaque parcelle de son corps, colonise tous les recoins. C'est une obscurité douloureuse. Ce sont des ténèbres remplies de bris de verre, de glaces et de globes cassés, qui tournent et retournent les chairs.

— *Je suis moche ! Je suis le plus moche ! Je suis mochissime !*

Les ténèbres finissent par engloutir Herman en totalité : lui, le corps, la peau, les reliquats de cheveux.

Puis un filet de lumière transperce timidement l'horizon bouché dans lequel s'enfonce une voix, une autre voix.

— Tu es toujours sous la couette, Herman ?

Plus loin retentit une troisième voix :

— Il n'a même pas pris son petit déjeuner !

Herman se contorsionne sous sa couette, ferme les paupières le plus solidement possible.

— Tu n'as pas besoin de te cacher. Pas pour nous...

Le lit craque quand sa mère s'assied dessus. Herman serre les dents car à l'intérieur de sa bouche le noir est total, d'une épaisseur telle que sa langue doit utiliser une lampe de poche si elle souhaite parler distinctement.

— Tu me donnes la permission de te regarder, Herman ?

Elle essaie de retirer la couette. Herman la remet en place. Les ténèbres le rendent plus fort que jamais : il arrache la couette des mains de sa mère sans lui demander son dû.

La voix de son père n'est pas loin.

— J'ai trouvé son bonnet dans notre chambre !

Il entre avec ses gros sabots mais s'arrête net.

— Donne, dit la mère.

Elle glisse le bonnet sous la couette.

— Tu es allé te regarder dans le miroir de la coiffeuse, Herman ?

Il n'arrive plus à contenir les ténèbres dans sa bouche.

— Foutez le camp !

Sa mère recule, pose une fesse sur le bord du lit, comme si elle était assise sur un lit d'orties.

— Devine ce que je t'ai acheté !

— Je m'en tape !

— Herman…
— Je m'en fous !
— Herman Fulkt ?
— Va-t'en !

Il leur faut du temps, mais Herman finit quand même par entendre des pas quitter lentement sa chambre puis la porte se refermer, aussi silencieusement qu'une enveloppe.

Herman trouve son bonnet dans l'obscurité, le glisse sur sa tête et sort de la couette. Il appuie sur l'interrupteur du globe. L'Amérique illumine aussitôt la pièce. Il écoute, entend la radio, une voix d'un ton grave annoncer la météo. Il tire le rideau – dehors aussi il va bientôt faire noir, des flocons de neige tombent mollement, les lampadaires ne vont pas tarder à s'allumer. Il aimerait que toutes les ampoules de la ville soient grillées, qu'il y ait une éclipse de soleil, que les étoiles s'effondrent dans l'océan, que la lune ait un bandeau de pirate sur l'œil.

Herman défait le nœud de son pyjama et ne s'aperçoit que maintenant qu'il est trempé. Il cache son bas de pantalon sous le lit, s'essuie en vitesse sur la couette, s'habille enfin, puis va dans l'entrée où il trouve ses bottes fourrées et son coupe-vent.

C'est son père qui se radine cette fois-ci.

— Tu vas où, Herman ?
— Nulle part.
— C'est où ?
— N'importe où.

Son père ne sait pas quoi dire. Sa tête est si haute qu'il pourrait chatouiller le plafond avec.

— Mais… Mais… Et ton émission préférée ? Tu ne veux pas savoir ce qui arrive à Stompa ?

— Qu'il aille se faire voir chez les Grecs !

Herman dévale les marches. Quand il sort, il prend la direction opposée, à gauche, là où ils ne peuvent pas le voir depuis les fenêtres.

Il ne s'arrête qu'une fois arrivé dans la Bygdøy allé. Avec leurs bras écartés, les arbres ressemblent à une armée d'épouvantails. Une lumière luit faiblement chez le Gros – si ça se trouve, maintenant que les clients sont partis, il est peut-être en train de se couper les cheveux tout seul. Herman court jusque devant Isachsen Sport et regarde dans la vitrine. Les vélos et les chaussures de foot ont été retirés depuis belle lurette, remplacés par des patins de vitesse. Leur lame en métal brille et scintille. Herman enfonce son bonnet encore davantage sur les oreilles et s'imagine la neige bleue : un bras dans le dos et un bras ballant, il entend le hurlement dans le virage au moment où il se penche en avant, prend de la vitesse dans le couloir droit et se rabat dix mètres plus loin dans le couloir intérieur.

Mais c'est soudain un autre bruit qui lui parvient, un bruit qui provient d'en bas, de la Frognerveien, un bruit qui vient de plus en plus près. Ce sont des voix, elles chantent encore plus faux que fort. Herman se recroqueville sous un porche et voit Glenn, Karsten et Bjørnar longer les rails du tramway. Il attend qu'ils aient disparu de son horizon, que leur chant ne soit qu'un écho entre les immeubles, que les rideaux obturent les fenêtres, que les ombres dansent lentement au rythme d'orchestres invisibles.

Il prend un raccourci pour rejoindre le cinéma de Frogner. Il y a la queue sur le trottoir, la séance de sept heures va bientôt commencer. Herman regarde d'abord les images et manque de hurler pour la énième fois aujourd'hui. Il ferme les yeux, ce qui ne lui est absolument d'aucun secours ; c'est même pire car à l'intérieur de lui se dressent tout autant d'images épouvantables. Je suis aussi moche que ça, songe-t-il, aussi moche que Quasimodo. Bien qu'il n'en ait nulle envie, il succombe malgré tout à la tentation de regarder à nouveau. Quasimodo n'a qu'un œil, et encore ; sa bouche est un trou tout de traviole, son nez n'est même plus en trompette mais rebique carrément, sa tête est si lourde qu'elle a à peine assez de place sur l'énorme bosse qu'il a dans le dos. Et les cheveux… Ses cheveux fins, transparents, clairsemés, pendouillent ici et là sur le crâne bombé. Pourtant, sur une des photos, il y a également une femme, si belle qu'elle en est presque invisible. Qui plus est, Quasimodo la tient dans ses bras, et elle semble n'avoir rien contre. Cette image, celle-ci et pas une autre, interpelle Herman au point qu'il la contemple longuement.

Puis il se poste dans la file d'attente, les portes s'ouvrent. Mais lorsque vient son tour, un bras puissant s'abaisse devant lui pour lui barrer la route. Herman lève les yeux, le même vieux bonhomme le toise, celui qui accrochait les lettres sur le panneau, sauf qu'il porte ce soir un uniforme à rayures et à boutons, et qu'il fait l'ouvreur.

— Où tu comptes aller comme ça ?

— Au cinéma, répond Herman.

— C'est un film pour adultes.

— Pas grave.

— Et tu es accompagné, peut-être ?

— Pas que je sache.

L'ouvreur s'impatiente.

— Et quel âge veux-tu que je croie que tu as ?

— Je suis un très vieux monsieur, dit Herman.

Il est débarqué de la file d'attente et se retrouve tout aussitôt sur le trottoir, seul. L'ouvreur referme les portes tandis que la fanfare retentit dans la salle. Herman ne peut s'empêcher de regarder une dernière fois la photo de Quasimodo, mais au même moment il aperçoit une silhouette bringuebalante près de l'arrêt de tramway. Il la reconnaît immédiatement, la Dame aux termites. Elle avance du mieux qu'elle peut, et elle ne peut pas beaucoup. Elle doit avoir ce soir une tonne de termites étant donné les grands mouvements désordonnés que son corps déploie de tous côtés, et sa tête de pantin désarticulée.

— Ça n'a pas encore commencé ! lui crie Herman. Ils n'en sont qu'aux réclames !

Il ignore si elle l'entend. Toujours est-il qu'elle essaie de courir, se prend les pieds dans ses jambes impossibles, se remet d'aplomb sur ses béquilles, poursuit son chemin en zigzag, et elle finit par arriver, à la dernière minute, mais elle y arrive.

À un moment donné, elle jette un coup d'œil vers Herman – un drôle de regard, comme s'ils partageaient un secret.

La Dame aux termites entre comme les autres,

une cloche retentit au loin, très loin, dans l'obscurité bleutée de la salle de cinéma.

Quand Herman rentre chez lui, un pyjama propre, à pois rouges, l'attend sur le lit. La housse de couette et le drap de dessous ont été lavés. Dans sa chambre flotte une odeur de lessive et de vent. Il regarde sous le lit. Le bas de pyjama n'est plus là.

Il sort son herbier, trouve un tube de Karlson dans le tiroir et colle tous les cheveux qu'il a gardés et cachés. Le plus petit d'entre eux a droit à une page rien que pour lui.

Dessous, en guise de légende, il écrit en majuscules et au stylo :

Duvet. Trouvé sur la tête d'Herman Fulkt.

12

Herman est dans la cuisine. Il a fait son cartable, enfilé son bonnet, il est prêt.

— Je veux aller à l'école.

Ses parents se regardent d'abord, puis le regardent lui.

— On est dimanche aujourd'hui, dit sa mère.

D'abord confus, il remarque ensuite la présence sur la table de la théière, des œufs et du pain grillé.

— Donc l'école est fermée, marmonne-t-il en enlevant son cartable.

Son père, d'humeur guillerette, est déjà en train de se préparer un casse-croûte géant.

— Aujourd'hui Herman, on va pêcher l'anguille ! Qu'est-ce que tu en dis ?

Herman s'assied, l'estomac coupé.

— Euh… oui.

— Une belle anguille bien grosse, bien grasse, qu'on va garder pour la manger à Noël. En plus, ça tombera en plein pendant la période de l'aquavit !

La mère regarde Herman qui regarde par la fenêtre. Il aurait dû s'en rendre compte aussitôt, que c'était dimanche, aucun autre jour n'a la même couleur que les dimanches. Une couleur grise, aussi grise que les psaumes à la radio.

— Peut-être qu'il n'a pas envie d'aller à la pêche à l'anguille.

Le père se retourne en sursaut vers elle, éberlué.

— Pas envie ? Bien sûr qu'il a envie ! Hein que t'as envie, Herman ?

Herman essaie de regarder son père dans les yeux.

— Bien sûr, oui.

— Je me disais qu'il préférait peut-être aller voir son grand-père...

— Tu as entendu ce qu'il vient de dire ? Sans compter que je vais avoir besoin d'aide pour rapporter l'anguille à la maison. Tu veux combien de sandwiches, Herman ?

— La moitié d'un entier.

Son père en rit encore quand ils descendent vers le port. Il rit tellement que son sac rebondit dans son dos – un bruit qui est loin d'être désagréable puisque le sac contient un gros clou, deux boîtes de conserve vides entourées de fil et d'hameçons.

— La moitié d'un entier ! T'es pas la moitié d'un rigolo, dans ton genre !

Herman ne dit rien. Il a déjà assez de mal comme ça à suivre. Quand son père a fait un pas, lui doit en faire quatre au minimum. Qui plus est, les rues sont tristes et vont toutes dans la mauvaise direction. Les dimanches matin ont les matinées les plus désertées, les plus solitaires qui soient ; c'est ce jour-là que Dieu s'est endormi et a oublié de mettre le monde en marche. Les seules personnes à être encore dehors prennent la forme de sombres et lentes silhouettes, là-bas au loin, en route vers une quelconque église pour allumer le réveille-matin de Dieu afin qu'il puisse se lever, plier les nuages, allumer le soleil et faire de nouveaux projets qui, du moins faut-il l'espérer, seront meilleurs que les anciens.

— Tu vas pouvoir saluer deux bons copains à moi. Le Bock et le Pelé seront sûrement là. En 59, le Bock en a pêché une, je te dis pas ! Balèze, elle était ! Aussi mastoc qu'un boa, je te jure ! Il lui a enlevé la peau qu'il a utilisée comme toile de tente pendant tout l'été !

Il s'arrête et jette un coup d'œil inquiet à Herman.

— Non, j'exagère un peu sur ce coup-là...

Il n'y a pas âme qui vive sur le quai Fred Olsen. Les vagues noires roulent lentement contre les piliers des pontons. Plus loin un cargo amarré se balance, le vent fait chanter un câble rouillé.

Le père d'Herman inspecte les lieux du regard.

— Ils ne vont pas tarder à se radiner, le Bock et le Pelé, je suis prêt à parier. Mais on a du bol quand même. On a les meilleures places !

C'est-à-dire juste au niveau de la sortie des égouts. Le père prend les deux boîtes dont il montre le fonctionnement. Il fait tourner le fil de pêche trois fois au-dessus de sa tête comme un lasso, le lâche, l'hameçon décrit un large arc de cercle dans les airs, fend la surface de l'eau en soupirant et coule à pic pour rejoindre l'anguille. Quand Herman s'essaie au lancer, l'hameçon atterrit entre des caisses de l'autre côté du chemin.

— Bonne longueur, Herman. La prochaine fois, tu tomberas pile dans le fjord d'Oslo !

À la deuxième tentative, la ligne tournoie, tournoie encore, le père compte jusqu'à trois, crie soudain de lâcher, Herman obéit, ouvre la main, l'hameçon siffle au fond de l'eau.

— Donne du mou ! Là, comme ça, c'est bien.

Ils s'assoient au bord du quai. Ils attendent. Il ne se passe strictement rien. Ce n'est pas pour déplaire à Herman. Néanmoins, peut-être qu'une anguille vient de passer le cap du phare de Dyna après avoir nagé pendant des années et des années pour arriver précisément dans les parages, peut-être qu'elle s'approche d'eux en ce moment même au fond des eaux noires et que, de tous les hameçons qui l'attendent dans les océans du monde entier, elle va choisir celui d'Herman.

Il peut toujours se brosser, oui.

— Tu vois, Herman. Quand tu dois lui enlever la peau, à l'anguille, il faut que tu lui fasses une entaille autour de la gorge, puis tu lui tiens bien la tête, tu tires, et la peau part avec. Presque comme une saucisse. Et ensuite, zim ! À la casserole ! Et s'il en reste, on le garde pour faire du gratin.

Après avoir lâché un peu plus de mou, il repose la boîte de conserve.

— C'est que je me tape une de ces fringales, moi ! Tu veux une tartine, Herman ?

— J'ai pas trop faim.

— Même pas la moitié d'une entière ?

Il éclate de rire, ouvre sa boîte à casse-croûte, se frotte longuement les mains sur les cuisses puis mastique à qui mieux mieux.

— Tu t'es mis un doigt dans la gorge, aujourd'hui ? lui demande Herman.

— Si j'ai quoi ?

Une tranche de cervelas lui reste coincée dans la gorge, si bien qu'Herman doit lui taper dans le dos pour qu'il la recrache.

— Merci ! Là, ça a bien failli ! s'exclame-t-il, le souffle court, avant de balancer la tartine à l'eau.

Herman se rassied à côté de la boîte de conserve, attache la ligne autour de son pouce. Son père allume une cigarette, souffle des nuages de fumée bleue autour de son visage. Et ils restent là, tranquillement assis, tandis que le vent tourne, les chatouille à présent dans le dos, et que les réveille-matin retentissent dans toutes les églises de la ville.

— Non, j'ai pas eu besoin de m'enfoncer un doigt dans la gorge. Pas aujourd'hui, tu vois.

Ils ne disent rien pendant un petit moment. Puis son père demande :

— Tu sens quelque chose ?

— Non.

— Moi non plus.

Il retire sa ligne hors de l'eau pour la relancer tout de suite après.

— Bizarre que le Bock et le Pelé soient pas encore arrivés…

Herman regarde timidement vers lui.

— Tu as beaucoup d'amis, papa ?

Son père scrute le fjord noir et étincelant qui réfléchit le ciel perturbé.

— Ben… Il y a toi, maman, et puis c'est à peu près tout. Le Bock et le Pelé, c'est juste des connaissances.

Pas sûr qu'ils viennent en fin de compte. La saison de la pêche touche à sa fin. C'est déjà l'hiver.

— Oui, c'est l'hiver, dit Herman.

Soudain, il sent un mouvement dans son doigt. La ligne se tend dans l'eau. Herman manque de tomber à la flotte. Il est parcouru de frissons rien qu'en pensant à l'anguille tout au fond, qui a traversé six océans pour finir son parcours dans le gratin, une anguille visqueuse – et cette pensée le révulse. Son père n'a rien remarqué. Le pouce d'Herman est sur le point d'être arraché et c'est là qu'il le fait, sans en prendre vraiment conscience, il a juste le temps de se demander s'il s'en voudra, après. De toutes ses forces, il appuie la ligne sur le bord de la boîte de conserve si bien que le fil est sectionné et voltige en émettant le même sifflement qu'une corde de guitare cassée.

Son père s'est levé. Herman se met aussi sur ses pieds.

— Je la tenais ! Mais elle a cassé la ligne…

Il lui montre la boîte.

— Elle a cassé la ligne !

Son père pousse un cri de stupéfaction.

— Elle devait être maousse, celle-là ! Ça m'est jamais arrivé, dis donc ! Elle a vraiment coupé la ligne ?

— Elle a mordu, tiré, et puis elle a coupé la ligne.

— Punaise !

— Oui, punaise. Elle devait être balèze.

— Tu l'as vue ?

— J'ai pas eu le temps.

— Ça m'a donné faim, moi…

Puis ils rentrent à la maison, le sac à dos vide et un

hameçon en moins. La saison de la pêche est terminée. Passant devant le chantier de Vika, ils ralentissent. La grue semble pendue dans les nuages, le crochet touche presque le sol. Le père s'apprête à dire quelque chose mais se rétracte. Herman aurait également une confession à faire, sans trop savoir comment s'y prendre – lui aussi ravale ses paroles.

Ils parcourent le dernier bout de chemin, taciturnes, perdus chacun dans leurs pensées, dans les rues silencieuses où flotte une odeur de déjeuner du dimanche et de café noir.

C'est son père qui finit par prendre la parole :

— Tu veux que je te dise, Herman ? Elle devait être balèze, celle-là. Dix fois plus que celle que le Bock a pêchée en 59.

13

Herman ne veut pas. Herman ne veut pas y aller. Il ne veut pas aller chez le Gros. Il se cramponne à la chaise et refuse de quitter sa chambre. Sa mère, sur le seuil de la porte, a déjà enfilé son manteau.

— Tu n'as aucune raison d'avoir peur. Tu es allé chez le Gros des tonnes de fois.

— Je veux pas de perruque !

— Il va juste prendre des mesures, Herman.

— Faut pas croire que tu vas encore me rouler !

Elle fait deux pas dans la chambre, manque de découdre un bouton à force de le tourner dans tous les sens.

— Jamais je n'ai essayé de te rouler, Herman. Et tu le sais. Le Gros va simplement regarder ta tête pour pouvoir te faire une perruque, si un jour tu en avais besoin. N'est-ce pas ?

Elle le dévisage alors, elle semble comprendre quelque chose. Doucement, en détachant chaque mot, elle lui demande :

— C'est ton bonnet que tu ne veux pas retirer ?

Herman hoche la tête et baisse les yeux.

— Herman… Des cheveux, il en a vu de toutes

les sortes, le Gros. C'est son métier. Il a vu des cheveux qui poussaient en dedans, et il a même vu des femmes à barbe et à moustache !

— Ça me fait une belle jambe.

— Il a une pièce, à l'arrière du salon, où personne ne nous verra.

— Ça me fait deux belles jambes.

— Après, on pourra aller au Studenten.

Herman fronce les sourcils.

— Manger un banana split. Avec du chocolat fondu et de la confiture de groseille.

Herman tend l'oreille.

— Et un milk-shake à la framboise.

Herman réfléchit mûrement.

— C'est vrai que vu sous cet angle…

Il remonte la Gabelsgate en lambinant, en feignant d'avoir de la glu sous ses bottes fourrées. Pourtant, quelle que soit la lenteur de son pas, tôt ou tard, il finit par arriver. C'est même bizarre quand il y pense.

Le Gros les attend sur le pas de la porte. Il porte une nouvelle blouse, blanche comme neige, avec deux peignes dans la poche de poitrine ainsi qu'une paire de ciseaux. La moustache noire reluit sous ses narines. Il se fend d'une révérence encore plus compassée que celle de Jacobsen junior, puis, se redressant au ralenti, exhibe sa grosse figure devenue entre-temps rouge pivoine.

— Suivez-moi !

Il leur fait traverser le salon où de vieux messieurs se sont endormis dans leur fauteuil, et où les mêmes dames que la fois précédente, avec le même casque sur la tête, tricotent une énième manique. Il ouvre une autre porte qui donne sur une autre pièce, où trône un fauteuil de barbier installé devant un mur qui n'en est pas un, mais un immense miroir.

— Soyez les bienvenus !

Il referme la porte, se frotte les mains et tournicote à plusieurs reprises autour d'Herman.

— On va peut-être s'asseoir, hein ?

— Toi d'abord.

Le Gros regarde la mère d'Herman. Et il éclate de rire. Il pose ensuite une main sur l'épaule d'Herman, il a déjà ravalé son rire.

— Je voulais parler de toi…

— Je veux pas regarder dans la glace.

— Tu ne veux pas regarder dans la glace ?

Nouveau regard, sans rire, en direction de la mère d'Herman, en proie à des gesticulations frénétiques. Le Gros offre alors son plus beau sourire, au point que sa moustache semble vouloir se détacher.

— Pas de problème, Herman. On va juste tourner le fauteuil, dans ce cas.

Il actionne un levier et fait tourner le fauteuil de l'autre côté. Herman grimpe, après quoi le Gros appuie sur la pédale comme s'il était à une course de vélos. Il est obligé de le descendre un chouïa pour qu'ils se retrouvent face à face.

— Et maintenant, on va juste retirer le bonnet.

— T'as pas de bonnet.

Le Gros pique un fard, ce qui par ailleurs n'est pas évident à remarquer vu qu'il a déjà un teint rubicond. La moustache s'agite comme une folle sous les narines.

— Je voulais parler du tien…

Par acquit de conscience, Herman ferme les yeux et ôte son bonnet. Il sent la respiration lourde du Gros de part et d'autre de son visage, ainsi que ses doigts qui le touchent de très près.

— Et comment on les veut aujourd'hui ?

— J'ai pas de frangin !

Il rouvre les yeux tandis que le Gros baisse les siens.

— Je dis beaucoup d'âneries aujourd'hui, hein Herman ?

— C'est toi qui le dis.

Le silence dure longtemps. La mère d'Herman a retiré son manteau. Elle s'est assise sur une chaise et ne semble pas quoi faire de ses mains. Elle esquisse un sourire, qui se bloque en travers de la bouche.

— Je crois que je prendrai bien une glace moi aussi, tiens, marmonne-t-elle.

Le Gros, qui s'est muni d'un mètre, se penche sur Herman et lui tourne le crâne d'un côté sur l'autre.

— Ça m'a l'air pas mal tout ça, Herman.

— Ça m'a l'air très mal tout ça, le Gros.

— Mais non ! Tu as perdu un peu de tes cheveux ici et là. Mais sinon, tu as une tête magnifique. Avec une belle forme. Un travail d'orfèvre, si je puis dire. À moins que je vienne encore de dire une ânerie…

— C'est encore toi qui le dis !

Puis il commence à prendre les mesures. Il mesure d'une oreille à l'autre, du front à la nuque, d'une tempe à l'autre, tout en ne cessant de noter des chiffres sur son bloc, de transpirer à grosses gouttes et de fredonner

Tango for to. Enfin, il coupe une mèche qu'il range dans un sachet transparent.

Le Gros est content de lui.

— Tu vas voir, Herman. Ça va marcher comme sur des roulettes. Les gens n'y verront que du feu !

Herman remet son bonnet en place, sa mère se lève.

— Ajoute donc un centimètre, suggère-t-elle.

— Bien sûr. Mais de toutes les manières, elles sont très élastiques.

Le Gros dévisage de nouveau Herman.

— Car tu veux pas de poil de chameau sur le crâne, hein Herman ? Ni être de mauvais poil ? Ha, ha, ha ! Non, on va utiliser les plus beaux cheveux européens qui existent. Tu ne te reconnaîtras même pas. Je veux dire, tu seras plus beau que jamais ! En plus, tu n'auras même plus besoin de venir te faire couper les cheveux chez moi. Qu'est-ce que tu en dis ?

— Qui c'est qui te coupe les cheveux ?

Le Gros range ses ciseaux dans sa poche de poitrine, puis appuie sur la pédale du fauteuil pour le faire descendre.

— Ma mère, dit-il calmement. Elle a quatre-vingt-un ans. La moustache, par contre, je m'en débrouille moi-même.

Son attention est soudain très accaparée par des tiroirs qu'il retourne fébrilement.

— C'est qu'il en faut du temps pour fabriquer une perruque naturelle comme celle-ci. C'est un art en soi, si je puis me permettre. Le parc de Vigeland ne s'est pas construit en un jour, si vous m'autorisez la comparaison. Mais vous venez en avance. On ne s'arrache pas encore les cheveux ! Je veux dire, on n'est pas encore en décembre.

Il trouve enfin ce qu'il cherche. Il ouvre une boîte dont il déplie délicatement le papier de soie, et, d'un geste fier, exhibe un postiche.

— Mais entre-temps, pendant que tu attends ta perruque européenne, celle-ci est à toi.

Comme s'il s'agissait d'un bien précieux, il confie le postiche à Herman qui le fait aussitôt passer à sa mère. Elle le tient comme si on venait de lui tendre une anguille qu'elle ignorerait comment tuer. Une chose est sûre, ces faux cheveux ne gigotent ni ne frétillent, mais pendouillent bel et bien, parfaitement immobiles.

— En provenance directe de Corée, poursuit-il. Synthétique, comme on dit. Très pratique, et toujours mieux que rien.

Sans quitter Herman des yeux, il se caresse la moustache avec le pouce. D'un noir éclatant, elle passe brusquement au jaune filasse. Il s'essuie les doigts à sa blouse dont la blancheur immaculée est désormais souillée de taches noires.

— Tu ne l'essaies pas ?

Herman a déjà déguerpi. Sa mère attrape son manteau, range la perruque dans son sac et file rejoindre son fils.

— Elle ne supporte pas trop la chaleur, lui précise le Gros avant de s'installer dans le fauteuil de barbier pour se reteindre la moustache.

Elle trouve Herman qui l'attend derrière un marronnier sans marrons, les yeux levés vers les branches, entre lesquelles il observe les nuages se gonfler pour que la neige soit plus vigoureuse.

— On ne va pas au Studenten ? demande-t-elle.

— Plus tard ! répond-il en secouant son bonnet.

Serrant son sac contre elle, sa mère parle tellement bas que l'oreille a quasiment besoin d'un escabeau.

— Tu es en colère, Herman ?

Il donne trois coups de pied dans l'arbre.

— Chais pas. Peut-être dans pas longtemps.

Ce soir-là, dans sa chambre, Herman essaie la perruque. Il retire son bonnet et met la perruque en place sur sa tête. Elle lui serre autour de la nuque et sur le front, le chatouille au niveau des deux oreilles, mais c'est peut-être le but. Au moment de passer ses doigts dans ses nouveaux cheveux, il a l'impression de se prendre une décharge électrique. Il déambule un peu dans la pièce, s'interroge pour savoir exactement quel effet ça lui fait. C'est une sensation singulière, comme si ce n'était pas lui qui franchissait la porte ou passait devant la fenêtre, mais plutôt un cousin, et Herman n'en a pas. Sa tête est lourde, engourdie, malcommode presque. Il se demande si sa voix n'a pas changé par la même occasion. Corée, dit-il tout haut, sans pour autant entendre la moindre différence. Corée ! Il la trouve sur le globe. Pas étonnant qu'on y fabrique des perruques à la pelle, là-bas. Car la Corée est située de l'autre côté du monde, donc les gens marchent certainement sur la tête, si ça se trouve.

Herman se précipite dans le salon, en se demandant si ses parents vont le reconnaître. Comme ils se regardent l'un l'autre plutôt que lui, Herman doute franchement.

— Herman est là…

Il a beau le murmurer, il entend parfaitement que sa voix s'est transformée depuis tout à l'heure ; on dirait une radio mal réglée. Il va peut-être se mettre à parler coréen bientôt, si ça se trouve aussi.

Enfin sa mère se lève et s'approche de lui.

— Superbe, Herman. Tu es superbe !

— C'est vrai ?

Son père y va de son petit commentaire.

— Splendide ! À peine si j'ai pas envie moi aussi d'en avoir une pareille.

— Je pourrais te la prêter, si tu veux, lui répond Herman qui a d'un coup retrouvé sa voix normale.

— Il vaut peut-être quand même mieux que tu ne la portes pas derrière devant.

Sa mère tourne la perruque en la serrant au niveau des oreilles. Cette fois, elle ne lui serre plus le front mais le chatouille dans la nuque.

— Dis donc, Herman ! Tu es beau comme un camion, ma foi !

Son père parle d'une voix forte et rocailleuse, à croire que lui aussi est une radio où il y a de la friture.

Herman évolue dans le salon en faisant de grands pas élastiques. Pris d'un vertige, il doit s'appuyer contre le mur.

— Tout va bien, Herman ? lui demande sa mère.

— Il faut que je m'habitue à la porter.

— Tu veux qu'on regarde dans la glace ce que ça donne ?

Il hésite.

— Je vais d'abord réfléchir et voir si ça m'empêche de dormir.

14

Herman attend dans le couloir, devant la porte de sa salle de classe. Il fait froid, il n'y a pas un bruit, mais une odeur de casse-croûte rassis et d'éponges desséchées. Il révise sa leçon de sciences naturelles, imagine l'intérieur du ventre d'une vache, tout en se demandant comment l'herbe verte se débrouille pour devenir du lait avec de la crème dedans. Il rabâche le nom de différentes races de vaches laitières norvégiennes : raudkolle, dølafe, telemarksfe. Soudain, il entend des pas rapides dont l'écho résonne et s'amplifie. Il regarde à droite puis à gauche. C'est la femme de ménage qui monte les marches. Après avoir posé son balai et son seau, elle le toise.

— Tiens... Bonjour, Herman ! Tu t'es levé comme les poules aujourd'hui, ou quoi ?

— Peut-être.

— Tu as la permission d'être là ? Alors que ça n'a pas sonné ?

— Je l'ai pas demandée.

— Pas bête.

La femme de ménage lui sourit longuement. Sur ce, elle prend tout son barda et s'éloigne dans le couloir. Herman réfléchit, tourne sept fois sa langue dans sa bouche et court la rejoindre.

— Vous ne pouvez pas m'ouvrir la porte de la classe ?

Elle s'arrête et s'appuie sur son balai.

— Je ne sais pas si j'ai la permission.

— Vous l'avez demandée ?

À ces mots, elle sort un énorme trousseau de clés et lui ouvre la porte.

— On est quittes, Herman ?

Il se tourne vers elle.

— Comment vous connaissez mon nom ?

Soudain gênée, elle retrousse sa lèvre inférieure pour souffler dans sa frange.

— Tu ne t'appelles pas Herman ?

— Si, pourquoi ? Tout le monde vous a parlé de moi ?

— Non, c'est ton professeur de travail manuel qui m'a dit comment tu t'appelais, dit-elle à toute vitesse avant de s'éclipser dans l'escalier.

Herman ferme la porte et s'assied à son pupitre près de la fenêtre. La cour de l'école est encore vide et le tableau noir comme une fenêtre la nuit, un nouveau tas de craies est posé sur l'estrade. Comme si tout attendait d'être utilisé, comme si le silence attendait le fracas, les encriers les plumes, les poubelles les déchets – et cette attente ressemblerait presque à un rêve, ou du moins à une promesse.

Herman aperçoit quelque chose sur le pupitre de Ruby. En se penchant en avant, il voit qu'il s'agit d'un H, un H gravé sur l'abattant. Herman se renfonce dans sa chaise et réfléchit. Un H. Ça peut être H pour le roi Haakon, ou H pour le patineur Harald Grønningen. Ça peut être H comme la ville de Hamar, ou Hambourg, tiens. À moins que ce soit H comme herbier, hasard, hachis Parmentier. Ou encore H comme Hollande, hangar, hourra. Herman arrête de gamberger, prend plutôt son cahier d'essai car ce n'est pas aujourd'hui que Trois Tonnes va arriver à le coincer. Il écrit : *La vache avale l'herbe sans la mâcher. Contrairement à l'homme, elle possède quatre estomacs. La nourriture glisse d'abord dans un grand sac, la panse. De là, elle passe dans le deuxième estomac, le réseau. Quand la vache se repose, les aliments trop gros sont régurgités dans la bouche où ils sont mastiqués : c'est la rumination. La nourriture finement mastiquée passe alors dans le troisième estomac, le feuillet. Et enfin dans le quatrième, la caillette.*

Trois Tonnes se tient soudain dans la porte. Il regarde Herman, en reste coi, s'apprête à faire une remarque, mais n'est pas assez rapide.

— C'était ouvert ! dit Herman en refermant d'un geste sec son cahier d'essai.

Trois Tonnes a besoin d'une minute supplémentaire pour trouver les mots justes.

— Je suis content que tu n'arrives pas en retard. C'est bien. Oui, oui, c'est très bien.

Il s'installe lourdement à son bureau. La cloche sonne enfin et les élèves s'engouffrent dans la classe dans une cohue monstre. Or dès qu'ils voient Herman, ils se taisent brusquement, deviennent aussi silencieux que les anges et la poussière réunis, trouvent leur place sans un bruit, pas un pied de chaise ne racle contre le sol. Même Glenn ne moufte pas aujourd'hui. Ruby s'assied, la tête courbée, elle semble très occupée à farfouiller dans son cartable. H, songe Herman. H comme Holmenkollen et hi-han.

Trois Tonnes reproduit aussitôt sur le tableau l'appareil digestif de la vache. Il lui faut tout un moment, et quand il a enfin terminé, son dessin ressemble davantage à une couronne briochée complètement ratée.

— Et comment s'appelle cet estomac ?

Herman lève le doigt, mais Trois Tonnes interroge Glenn.

— La panse.

— Faux. Tu ferais mieux de penser, toi d'ailleurs !

Herman secoue la main, les doigts écartés, mais c'est comme si Trois Tonnes ne le voyait pas.

— Bjørnar ! Réponds.

— La caillette !

— Mais non, bougre d'âne ! Karsten, tu as entendu la question que je viens de poser ?

— La mamelle.

Trois Tonnes prend un air consterné. Herman est quasiment debout sur sa chaise, mais cette énième tentative est toujours sans effet. Appelée au tableau, Ruby écrit tous les noms à la bonne place. Herman aurait mis nettement moins de temps. Il abaisse son bras et attend la question suivante.

— Cite-moi trois races de vaches norvégiennes.

La main d'Herman toucherait maintenant presque

le plafond. Mais cette fois non plus, Trois Tonnes ne la voit pas. Ruby est toujours devant le tableau.

— Dølafe, telemarksfe, raudkolle, répond-elle. La raudkolle est la seule qui n'ait pas de cornes.

— Bravo ! s'exclame Trois Tonnes.

Y avait aussi la fjordfe et la trønderfe, dit Herman dans sa tête, mais il est le seul à l'entendre, et il n'est guère plus avancé.

Pendant que Ruby retourne à son bureau, Trois Tonnes dessine à côté des quatre estomacs les contours de la tête d'une vache. Herman sent tout à coup qu'il commence à avoir chaud. Il est assis à côté du radiateur et il fait si chaud que sa tête va fondre comme une dame blanche. Ça le chatouille dans la nuque, ça le tire au niveau des tempes, ça le gratte sur le front et ça le pique dans les oreilles – il a la sensation d'avoir avalé un sachet de graines d'églantier et un pot de poivre noir.

Herman retire son bonnet.

Un profond soupir parcourt la classe, un souffle balaie les bureaux. Ruby se tourne et plaque sa main contre sa bouche comme pour empêcher son menton de s'effondrer. Le silence est plus profond que jamais, si assourdissant qu'ils entendent un flocon de neige tomber sur une aiguille de pin dans la montagne à quatre cents kilomètres d'ici. Trois Tonnes fait une brusque volte-face, son regard est immédiatement aimanté par la perruque d'Herman, il en perd sa craie. Elle se désintègre par terre en faisant l'effet d'une pluie d'obus. Trois Tonnes esquisse un sourire désemparé et expédie le reste de l'heure en expliquant à la vitesse de l'éclair et sans reprendre son souffle les différences entre la chèvre et le mouton.

Lentement, Herman remet son bonnet. Il regarde par la fenêtre. Il pense aux temps qui courent, aux temps qui sont durs, comme disent souvent les gens. C'est étrange cette histoire, les temps qui courent, un peu bizarre de se les imaginer avec deux jambes. Ils doivent être drôlement fatigués à force, d'autant qu'ils cavalent depuis la nuit des temps. C'est peut-être pour ça, songe Herman, que la Dame aux termites marche mal, parce qu'elle est vieille elle aussi, parce qu'elle a trop couru.

Pendant la pause, il ne quitte pas le périmètre de la fontaine d'eau potable, éteinte pour qu'elle ne gèle pas. Il est seul. Et à nouveau, il a l'impression d'être invisible : tout le monde l'évite, esquive son regard, baisse les yeux. Personne n'essaie de lui arracher son bonnet, personne ne se moque de lui, ce qu'il préférerait cent fois plus, au fond, car là il pourrait en tout cas se défendre en les menaçant d'un coup de duvet. Alors que, maintenant, il ne sait pas quoi faire de lui, il n'a même rien à faire. Herman commence vaguement à comprendre, sans pour autant comprendre ce qu'il comprend. Ils ont pitié de moi, se dit-il. Et il n'y a rien de plus horrible que ça.

La journée continue telle qu'elle a commencé. Ils sont tous muets comme des moules. Ils le contournent en décrivant de larges arcs de cercle. Il se passe constamment quelque chose dans son dos, quelque chose qu'il ignore. Mais plus les heures défilent et plus il comprend. Ils ont pitié de moi, voilà tout, se dit-il encore.

Même Carton-pâte arrive pour une fois à l'heure sans prononcer un mot au sujet de l'herbier. Il laisse Herman dans son coin, seul à sa table, sans lui donner de travail. Herman découpe trois figures en carton qu'il balance à la poubelle quand la cloche sonne.

À la dernière heure de cours en revanche, pendant la gym, Herman comprend pour de bon. Jaune d'œuf est dégoulinant, lui non plus ne voit pas Herman qui pourtant s'est changé en se gardant bien d'ôter son bonnet.

Jaune d'œuf grimpe en haut des espaliers où il se suspend d'une seule main.

— Du cœur au ventre, du plomb dans la cervelle, et surtout : des jambes et des bras en acier ! s'écrie-t-il. Aujourd'hui, les garçons, c'est jour de jeûne et de prière. Voilà pourquoi j'ai décidé que vous alliez jouer au… boulet de canon !

Jamais Jaune d'œuf n'a été autant applaudi. Deux bancs sont installés l'un derrière l'autre au milieu du gymnase, devant lesquels Glenn et Bjørnar sont censés constituer chacun leur équipe. Glenn est prem's, et Herman comprend dans l'instant qu'ils ont également peur de lui, parce que justement ils ont pitié de lui.

Glenn balaie la salle du regard, les yeux aux abois, et c'est bien la première fois qu'on le voit rougir. Son doigt pointe quelqu'un tandis que ses yeux sont occupés dans la direction opposée.

— Herman, dit-il d'une voix quasi inaudible.

Les équipes se placent de chaque côté du banc. Jaune d'œuf lance la balle à Bjørnar et grimpe aux espaliers pour crier :

— Seuls sont autorisés les lancers des deux mains au-dessus de la figure ! Il est interdit de viser la tête et tout autre membre du corps à part le torse. C'est compris ?

Il donne un coup de sifflet et va rejoindre l'équipe de Bjørnar. Le match peut commencer. Glenn shoote en suspension en plein dans le ventre de Karsten, pour ensuite être dégommé par Bjørnar qui le touche au short. Éliminés les uns après les autres, ils doivent se retirer derrière la ligne. Herman a beau courir et zigzaguer, il reste dans le jeu – normal puisqu'il est redevenu invisible. Autant s'immobiliser, regarder passer la balle et l'écouter siffler de tous côtés. De toute manière, il n'est jamais pris pour cible. La fin du match approche, il ne reste que Jaune d'œuf et Herman. Jaune d'œuf s'approche du banc, et il n'a pas encore lancé la balle par-dessus sa tête qu'Herman s'en rend compte : il va faire exprès de rater son tir. La balle rebondit sur le sol, sans qu'Herman ait bougé le moindre orteil. Glenn renvoie la balle vers Herman qui chemine lentement vers un Jaune d'œuf en proie à d'étranges gesticulations du torse. Herman vise soigneusement et balance la balle de toutes ses forces. Une espèce de plof ramolli résonne au moment où il atteint Jaune d'œuf au beau milieu du visage.

— Super lancer ! murmure ce dernier en vacillant le long des espaliers.

Et, à cet instant précis, Herman a compris qu'il a gagné, mais qu'il a perdu malgré tout.

Il tourne le dos aux bruits de pieds qui tapent par terre. Il file chercher son blouson aux vestiaires, monte les marches quatre à quatre, mais il est stoppé dans son élan par Trois Tonnes.

— C'est toi que je cherchais, dit celui-ci. Toi et personne d'autre.

— Et voilà, vous m'avez trouvé, répond Herman en faisant mine de continuer son chemin.

Trois Tonnes l'arrête d'un seul doigt.

— La cloche n'a pas encore sonné, à ce que je sache. Viens avec moi.

— On est collé ?

Ils traversent la cour de l'école pour rejoindre l'autre bâtiment. Trois Tonnes les fait entrer dans la salle de classe et s'assied à un bureau. Le pupitre est beaucoup trop petit pour lui, on dirait un éléphant dans un landau. Son visage a une expression de tristesse sans fond.

— Je n'ai jamais suspendu quelqu'un par la fenêtre en lui tenant l'oreille, Herman. Ce sont des histoires inventées, tout ça.

— Feuillet, lâche Herman.

— Pardon ?

— Réseau et caillette.

Trois Tonnes sourit.

— Raudkolle, telemarksfe, dølafe, trønderfe et fjordfe.

— C'est bien, Herman.

— On utilise la vache laitière pour sa peau et son lait.

— Ce que je voulais dire, c'est que…

— À partir du lait, on fabrique de la crème, du fromage et du beurre.

— Bravo, Herman. Tu as bien appris ta leçon, à ce que je vois.

— Alors, vous me voyez maintenant ?

Les oreilles de Trois Tonnes rougissent et volent au vent comme deux soles qui s'agitent.

— Je te vois, Herman. Je comprends.

— Le mouton est court sur pattes et son corps est rond alors que celui de la chèvre est mince et qu'elle a de la barbe. On les mange tous les deux.

— J'entends bien : tu n'as pas seulement appris ta leçon, tu as fait des recherches à côté. C'est comme ça qu'il faut travailler. Ce que je voulais te dire, Herman… Voilà, j'ai quelque chose pour toi.

Il extrait quelque chose de la poche de son imperméable et fait un geste pour le donner à Herman, qui ne voit pas tout de suite de quoi il peut s'agir. Et finalement, si. C'est le pompon qu'il lui a arraché.

— Ta mère va pouvoir le recoudre, j'imagine.

— Non.

— Non ? fait Trois Tonnes, interloqué. Mais si, voyons, elle y arrivera sûrement.

— Non. Vous n'avez qu'à le jeter aux ordures.

Trois Tonnes pose le pompon sur le pupitre. Son grand visage semble encore plus ravagé par la tristesse que tout à l'heure.

— Donc tu ne le veux pas ?

— Non. Vous n'avez qu'à le garder.

La cloche sonne. Herman fait un pas vers la porte.

— Mais tu n'y crois pas à cette histoire qu'on raconte sur moi, n'est-ce pas ?

— Non et non et trois fois non !

Puis il s'élance dans le couloir, dévale l'escalier et tombe sur une cour déjà déserte, comme si les élèves avaient pris leurs jambes à leur cou pour s'éclipser et filer sur Mars sinon plus loin encore, comme s'il avait décroché le record de l'individu le plus contagieux de la planète. Mais Herman sait pertinemment que ce n'est pas ça. Car il sait désormais des choses que les autres ne savent pas. Il sait qu'ils l'ont laissé gagner, ce qui est pire que de perdre. Il sait qu'ils ont pitié de lui, voilà pourquoi ils sont subitement débordants de gentillesse ou débordants de rien, mais surtout pas à ses côtés. Il ne sait pas vraiment s'il a envie de savoir tout ça, mais c'est trop tard, il le sait déjà.

Il entend quelqu'un siffler. Il se retourne. Ruby se tient près du portail qui mène au croisement avec la Holtegate, elle lui fait un signe de la main. Herman est tellement surpris qu'il manque de trébucher dans la neige. Il parvient à retrouver l'équilibre et, comme elle continue de le saluer, il s'arrête. Elle vient vers lui. Voilà, c'est son tour maintenant, songe Herman. Il la regarde, ses cache-oreilles, sa tignasse rousse, son cartable rose. H, réfléchit-il. H comme Hoppalong Cassidy. H comme hirsute, houppe. H comme hérisser, horripiler. Il lui tire la langue.

Sa langue dégringole toute seule de sa bouche pour désigner Ruby, d'abord tellement étonnée que deux fossettes rient sur son visage. Mais ensuite elle se fige, observe la langue d'Herman, et ne sourit plus du tout.

Il recule. Herman tourne les talons et court vers l'autre sortie, côté Harelabbveien. Là, il ralentit, jette un œil par-dessus son épaule, Ruby ne le suit pas. Il a juste le temps d'apercevoir son dos au moment où il disparaît à l'angle de la rue. Il descend à petits pas la Briskebyveien, se retourne de temps à autre, mais Ruby n'est nulle part en vue, et il ne sait pas s'il doit être content de lui ou pas.

15

Herman pousse la porte, sent l'odeur écœurante de renfermé lui fouetter le visage, entend l'horloge sonner trois coups. Il entre dans la pièce, et son grand-père est encore couché comme il a fait son lit. Il dort. Sa tête ne laisse même pas de marque sur l'oreiller. Herman s'assied dans la chaise près du lit, il ne veut pas le réveiller. Il retire son bonnet, en se demandant si à l'heure qu'il est son grand-père est en avance ou en retard.

Son regard tombe alors sur une photographie qui s'est détachée du mur. Il prend le cadre et reconnaît sa grand-mère, debout sous le pommier, à Nesodden. C'était il y a longtemps. Elle tient un parapluie alors qu'il fait soleil.

— La vie est un lacet de chaussure.

Herman repose la photo et pousse la chaise contre le lit.

— La vie est un lacet de chaussure, répète son grand-père en ouvrant les yeux. Je crois pas que je vais pouvoir t'accompagner pour aller faire du ski, Herman.

Ils rient un bon moment tous les deux, puis un

ange passe et Herman songe qu'il doit dire quelque chose.

— Tu vois la différence ? demande-t-il.

Son grand-père tourne la tête dans la bonne direction.

— La différence ? Tu as envoyé un sosie ?

— Non. Je suis moi.

— Ça me fait plaisir de l'entendre. Tu es toi.

— Grand-père est grand-père.

— Ça, je peux te l'assurer ! Et Herman est Herman. Je crois qu'il reste du chocolat.

Il en trouve un morceau. Ne parvenant pas à le casser en deux, il doit obtenir l'aide d'Herman. Ils suçotent longuement leur carré de chocolat.

— Tu étais amoureux de grand-mère ?

— Comme un fou.

Il avale son chocolat et semble perdu dans ses pensées.

— Pas seulement comme un fou. Tu sais comment j'ai rencontré ta grand-mère ?

Herman ne le sait pas.

— En nouant mon lacet de chaussure.

— Ton lacet ?

— Tu as bien entendu, Herman. Mon lacet. J'étais censé partir à Nesodden, sauf que, au beau milieu de la place de l'Hôtel de Ville, le lacet de ma chaussure droite s'est défait. Il fallait bien que je le renoue. On était en mai, en 1920, tu comprends. Mais du coup, j'ai raté le bateau de dix heures trente-cinq et j'ai dû attendre le prochain, qui partait une heure plus tard. C'était le *Flaskebekk*, tiens. Il a coulé dans l'océan

Indien en 1949. Mais tous les passagers ont survécu. Tu nous en coupes un autre carré ?

Herman s'exécute. Il doit attendre que son grand-père ait sucé son chocolat suffisamment longtemps pour entendre la suite.

— Et donc sur le *Flaskebekk*, sur le pont très exactement, j'ai fait la connaissance d'Else Marie Louise, qui allait devenir ta grand-mère, Herman. Elle venait de Nittedal, au nord d'Oslo, ça faisait une trotte à l'époque. Elle était venue en ville pour la journée, histoire de rendre visite à sa meilleure amie qui venait de déménager à Ildjernet. Elle est descendue à la pointe de Nesodden. Et je l'ai plus jamais perdue de vue. C'est comme ça, Herman. Si mon lacet ne s'était pas défait, tu ne serais pas là aujourd'hui. Je l'ai toujours, d'ailleurs. La chaussure, elle, a dû se faire la malle.

— Mais qui c'était, grand-père, ce Eudes Nuque ?

— Eudes Nuque, tu dis ?

— Oui. Eudes Nuque, que grand-mère ne voulait pas pour mari. Quand tu buvais trop de bière.

— Ah ! Eunuque, il s'appelait. Les eunuques, c'est le genre de bonshommes à pas perdre leurs cheveux. Mais les filles n'aiment pas trop ça, tu sais.

— Les filles n'aiment pas ça ?

— Ce qu'elles aiment, c'est les chauves, les vrais.

— Ah oui ?

— Qu'est-ce que tu crois qui l'a séduite, Else Marie Louise, à bord du *Flaskebekk*, en 1920 ? Ma tête, bien sûr !

Herman se creuse la cervelle.

— Est-ce que papa est eunuque ?

Son grand-père commence à être fatigué.

— Ton père n'est pas eunuque. Il l'a prouvé depuis belle lurette.

— Prouvé comment ?

— Ta mère le voulait, ton père. Et toi tu en es la preuve. Quelle guigne que ta grand-mère soit morte avant ta naissance, je te jure ! Tu sais comment elle est morte ? Elle a trébuché dans le caniveau pendant qu'on traversait la place de l'Hôtel de Ville pour ne pas rater le bateau de Nesodden. C'était un samedi de mai 1949. Dieu est un joyeux luron.

— Tu crois ?

Son grand-père soupire.

— Non, en fin de compte. Au fait, je t'ai raconté la fois où je suis tombé de l'échelle avec un pot de peinture dans chaque main ?

— Je crois bien que oui.

— Il fallait bien que je donne un petit coup de pinceau à la maison de Nesodden pour qu'elle soit belle le jour de l'arrivée d'Else Marie Louise. Et c'est pile ce jour-là que je me ramasse la figure. J'avais deux pots : un de couleur blanche, l'autre noire. On aurait dit un zèbre. Et crois-moi, c'était pas de la peinture qui s'en allait au gant de toilette. Mais est-ce que ça m'a empêché d'aller accueillir Else Marie Louise sur le quai ? Que nenni ! J'étais au port, droit dans mes bottes, et quand le bateau a accosté, j'ai porté Else Marie Louise dans mes bras pour lui faire franchir la passerelle. Et je peux te dire qu'elle m'a pris comme j'étais.

À ces mots, il ferme les yeux et s'endort. Son visage retrouve la même apparence lisse et lustrée que l'autre jour. Herman l'observe pendant un long moment. Il pèse le pour et le contre pour déterminer s'il va faire ce dont il a l'intention. Il décide que oui. Il arrache sa perruque, elle résiste, il a l'impression de décoller un bout de plastique. Puis il la pose délicatement sur la tête de son grand-père. Le résultat n'est pas joli-joli. On dirait une vieille crêpe toute rayée. On dirait une bouse poilue, un couvercle clouté. Herman lui retire la perruque qu'il fourre dans son cartable puis enfile son bonnet. C'est alors qu'une idée lui effleure l'esprit. Il coince la photographie de sa grand-mère dans la main bleuie de son grand-père.

Il quitte la pièce à pas feutrés, mais avant d'arriver à la porte, il entend un petit bruit en provenance du lit à baldaquin. Il se tourne et voit son grand-père sourire et poser son autre main sur la photo, pour que personne ne puisse la lui prendre.

16

Herman, assis dans la baignoire, le dos courbé, serre les dents en appuyant un gant humide sur ses yeux. Sa mère lui enduit la tête d'une mixture gluante, qui ressemble à la colle de Carton-pâte, et qu'elle frotte doucement sur les quelques cheveux qui lui restent. Dans le salon, la radio braille en langue étrangère. Voilà maintenant que sa mère s'adonne à la pâtisserie : elle lui tartine le crâne de crème fouettée qui lui dégouline sur la figure par portions entières.

— Du shampoing, dit-elle.

— Moi non plus, marmonne Herman.

Elle rit.

— *Du shampoing*. Je l'ai acheté chez le Gros. On ne fait pas mieux, tu sais. Et tu veux que je te dise avec quoi c'est fabriqué ? Du savon noir, du sélénium, du carbonate de potassium et du borax ! Tu as déjà entendu un truc pareil ?

— Rarement.

Sa mère dégage presque la même odeur que quand ils rentrent tard le samedi soir et qu'ils ont la tête à l'envers le dimanche matin.

— Fermez les écoutilles ! prévient-elle.

Elle ouvre la douche pour rincer la mousse. Herman retire le gant de ses yeux et regarde le tube posé sur le bord de la baignoire.

— Shampoing pour bébés, lit-il en détachant chaque syllabe. Du shampoing pour bébés !

— Tout le monde en utilise, Herman, répond-elle en lui enveloppant la tête dans une serviette. Cliff Richard. Pat Boone. Elvis.

— Ah oui ? Kuppern aussi ?

— Bien sûr. Tu te débrouilleras avec le reste ?

— Pas de lézard.

Une fois qu'elle est sortie, il se risque. Il déroule la serviette, se hisse sur la pointe des pieds dans la baignoire et se tourne vers le miroir. Il n'aperçoit pas grand-chose, mais ce qu'il voit lui suffit. Puisque c'est surtout son crâne qui est apparent désormais, comme s'il avait grandi mais que ses cheveux n'aient pas poussé, soient restés à l'état de duvet de bébé. Ça ne peut pas être vrai ce que prétend son grand-père à propos des filles. C'était peut-être encore le cas du temps de Toutaucanon ou de Quasimodo, avant le naufrage du *Flaskebekk*, mais plus aujourd'hui, à l'époque d'Herman. Il enroule la serviette autour de sa tête comme un turban, file dans sa chambre, éteint la lampe et le globe, se jette dans son lit et entame un combat de boxe avec la couette. Quand elle s'est pris une sérieuse dérouillée, il règle leur compte à l'oreiller et au pyjama – c'est Herman contre le monde entier.

Puis sa mère vient le rejoindre. Allongé sur le ventre, Herman retient sa respiration. Il y arrive pendant un court instant, mais très vite, ses yeux gonflent au point d'être de la grosseur de deux tomates, tandis que des roulements de tambour retentissent dans ses oreilles. Herman doit abandonner la partie. Il retire le bouchon et se ratatine comme un matelas de plage dégonflé.

— Tu ne veux pas souper ? demande-t-elle à voix basse.

Herman ne répond pas.

— Papa t'a préparé une montagne de tartines.

Herman ne répond toujours pas.

— Dont une avec du bonboncre, du malassi et de la yamonnaise.

Pas un son ne sort de la bouche d'Herman. Sa mère laisse tomber l'idée du souper et essaie autre chose.

— Tu n'es pas obligé d'aller te coucher maintenant. On peut jouer aux cartes.

— Tu mens.

— Je mens ?

— Tu mens comme une arracheuse de dents.

— On en a déjà parlé, Herman. Pas une seule seconde je n'ai essayé de te tromper. Pourquoi est-ce que je voudrais te tromper, franchement ?

— Vous avez dit que la perruque était jolie. Alors qu'elle ressemble à une grosse merde avec un élastique de pot de confiture autour.

Sa mère se tait pendant un long moment qu'elle met à profit pour réfléchir.

— Tu l'as mise où, la perruque ?

— Je le dirai pas.

— Tu l'as jetée ?

— Je le dirai pas non plus.

Elle laisse retomber lourdement ses mains sur ses genoux, elle les croise jusqu'à ce qu'ils forment un nœud de doigts.

— Tu vas bientôt avoir une nouvelle perruque, tu sais. Et celle-là, elle sera nettement plus belle. Elle va être fabriquée avec des vrais cheveux.

— Je suis moche, murmure Herman dans son oreiller.

Elle se penche lentement au-dessus de lui.

— Qu'est-ce que tu viens de dire ?

— Je suis moche ! Voilà ! Je suis moche !

— Ne dis pas des choses pareilles, Herman. Personne n'est moche.

— Dans ce cas je suis personne !

Elle surmonte son hésitation en posant sa main, suspendue une seconde, sur la tête d'Herman pour, tout doucement, caresser les rares mèches hirsutes qui s'y dressent. Tout à coup, Herman se souvient de ce qu'elle faisait, à l'époque où il avait encore une véritable toison qu'il fallait couper au bout d'un moment ; et il se souvient qu'il ne connaissait rien de plus délicieux que ça : quand elle passait ses doigts dans ses cheveux et les tirait un petit peu en riant. Il enfonce son visage dans l'oreiller, il sent la main de sa mère toujours posée sur sa tête, jusqu'à ce qu'elle la retire et que le silence soit si profond qu'ils entendent dans la cuisine le père mastiquer sa tartine de pain de mie.

Surgit alors un autre bruit, qui vient du lit, de l'oreiller.

— Tu pleures, Herman ?
— Tu me prends pour qui ?
— C'est pas grave si tu pleures, tu sais.
— Je me suis pris du shampoing dans les yeux.
— Ça brûle ?
— Un peu.
— Il vaut mieux pleurer, alors. Comme ça tu te nettoies les yeux.
— Je pleure pas ! Va-t'en !

Elle se lève, ouvre la porte ; la lumière de l'entrée peint les murs en blanc.

— Bonne nuit ! crie son père.
— Bonne nuit ! chuchote sa mère.
— Nuit.

Et enfin elle ferme la porte. La chambre retombe dans l'obscurité, se retrouve plongée dans un noir où les yeux d'Herman surnagent. Il a l'impression d'être sous l'eau, là où tout est ténébreux, silencieux et lent. Il s'endort dans ces abysses, la tête posée sur une méduse. À la faveur d'un rêve, il remonte à la surface, brise la fine pellicule d'eau étincelante et se redresse dans son lit. Il constate que ce monde est tout aussi sombre et abandonné.

Il ouvre l'armoire où est suspendue sa panoplie, enfile la longue cape noire, le masque, le chapeau à large bord, et coince son épée dans son ceinturon. Il est paré. Il ouvre la porte sans faire grincer les gonds, il tend l'oreille, s'élance dans l'appartement, aussi vite que le vent, aussi silencieux qu'un oiseau. Il descend l'escalier jusqu'au rez-de-chaussée en se laissant glisser sur la rampe, se faufile dans l'arrière-cour, grimpe aux poteaux du fil à linge et saute par-dessus la grille avec la souplesse d'un puma. Il vient de berner en beauté tous ceux qui s'étaient mis en tête de le talonner.

Dans la Gabelsgate, il remarque des cercles phosphorescents ceinturer la pleine lune blanche. C'est bon signe. Elle ne tarde pas à être recouverte de nuages noirs, et la neige qui tombe recouvre ses pas.

Il sait où il doit aller.

Au cinéma de Frogner, le panneau est éteint et le titre retiré. Herman se coule le long du mur et, à l'aide de son épée, force la serrure de la porte qu'empruntent les spectateurs à la sortie du film.

Ça y est, il est à l'intérieur !

Il se fige, écoute. Il n'entend aucune voix, aucun pas. Il descend le couloir sombre, son arme brandie, au cas où Monastario surgirait. Mais il est sûrement en train de ronfler, après toute la vinasse qu'il a ingurgitée. Quant aux gardiens, ils se croient en sécurité.

Mais ils se mettent le doigt dans l'œil !

Herman aboutit à une nouvelle porte. Il appuie sur la poignée, pousse la porte du bout de son épée, sans cesser de redoubler de vigilance. Le rideau est tiré devant l'écran. Sur les murs, quelques appliques sont allumées, comme des torches. C'est alors qu'Herman aperçoit un homme, assis dans la deuxième rangée, les pieds sur le fauteuil devant lui. Habillé d'un costume gris, il lit un livre.

Herman se rapproche et, de là où il se tient, reconnaît l'homme en question. Zorro. Zorro tel qu'il se présente quand il n'est pas Zorro mais Don Diego, le rat de bibliothèque.

Zorro est rusé.

Herman range son épée dans son ceinturon, s'assied à côté de lui en posant lui aussi ses pieds sur le dos du fauteuil.

— Qu'est-ce que ça veut dire ? demande Don Diego.

— Je me disais que t'avais besoin d'un coup de main.

— Ouais. Pour que le temps passe plus vite. Les journées sont longues à force d'attendre la suite. Je vais finir par le connaître par cœur, ce bouquin.

— Tu lis quoi ?

— Un truc que j'ai trouvé ici, heureusement. D'Herman Wildenvey.

— Moi aussi je m'appelle Herman.

— Don Diego. Je ne crois pas prendre beaucoup de risques si je te révèle que j'évolue aussi sous le nom de Zorro.

— Je cafte pas, moi.

Don Diego pousse un profond soupir.

— Y a pas à tortiller, ici c'était mieux quand Quasimodo nous a rendu visite. Je l'ai un peu aidé sur la fin.

— Ça s'est bien fini entre lui et la femme ?

— Oui, au poil ! C'est souvent le cas, Herman, tu sais. Même s'il en a essuyé, des orages. Et pas qu'un, crois-moi.

Ils se taisent un long moment, les yeux rivés sur le rideau à carreaux qui masque l'écran. Herman lorgne à intervalles réguliers du côté de Don Diego. Il est plus petit qu'Herman croyait, il a le visage blême, les traits tirés, comme s'il était resté cloîtré chez lui trop longtemps à lire des livres compliqués. Herman regretterait presque d'avoir revêtu son costume secret de Zorro.

— Comment ça se passe en fin de compte ?

— Ben... Comme je te l'ai déjà dit... Le temps me paraît long et inutile. Tornado est à l'écurie, et je dois avouer que j'en ai un peu marre des tours de magie de Bernardo. Je les ai vus, revus et re-revus, tu sais. Il n'innove pas vraiment dans son genre. Mais bon, c'est un chic type, Bernardo. Qu'est-ce que je ferais sans lui...

— Je voulais parler de l'histoire, en fait, rectifie Herman. Comment elle se termine ?

— Je m'évade de ma cellule, bien sûr. Je te l'ai dit, ça se finit toujours bien. C'est bon à savoir. Sinon je me serais pas esquinté à faire tout ce machin.

— Mais comment tu t'en es sorti ?

— Il y a un bloc de pierre branlant dans le sol. Je l'ai soulevé avec mon épée et je l'ai coincé entre les deux cloisons, pour qu'elles s'arrêtent avant que je finisse écrabouillé.

— Pas con. Et la dame à côté ?

— Je la libère, qu'est-ce que tu crois ! Puis je la ramène dans son foyer légitime non sans avoir livré d'âpres combats.

Don Diego se tait, semble perdu dans ses pensées. Herman ne veut pas le déranger.

— Je crois que je suis amoureux d'elle, dit Don

Diego au bout d'un moment. Et ça, tu vois, ça me court sur le haricot.

— Je suis sûr que ça va bien se passer, Zorro. Je veux dire… Don Diego. C'est toujours comme ça, d'habitude.

— Bien dit, Herman.

Don Diego pose une main sur l'épaule d'Herman.

— Dis-moi, laquelle de mes histoires préfères-tu ?

Herman réfléchit.

— *Le Cavalier noir* et *Les masques tombent.* Mais le mieux, c'est *Zorro et son double.*

— Je m'en doutais. Mais j'espère au moins que tu ne te trimballes pas avec mon costume et mon attirail en me faisant honte, hein ?

— Je l'ai mis pour blouser Monastario, répond Herman, gêné aux entournures.

— Je comprends. Tu sais, il y en a tellement qui se prennent pour Zorro et qui commettent les actions les plus vulgaires, tout ça pour se ficher de moi et noircir ma réputation. Mais tu n'es pas comme ça, toi.

— Non et non et trois fois non !

Don Diego se lève après avoir fourré le livre dans sa poche.

— J'étais content de discuter le bout de gras avec toi, Herman. Mais là, il faut presque que j'y aille.

Herman a une toute dernière question à lui poser.

— Puisque t'as donné un coup de main à Quasimodo, tu pourrais pas m'aider moi aussi ?

Baissant les yeux sur lui, Don Diego affiche un visage triste, encore plus morose à la lumière des appliques.

— Je crains que non, Herman. Je crois bien que tu vas devoir te débrouiller tout seul. Désolé.

— C'est moi qui suis désolé, Zorro.

Don Diego rejoint la scène, lève la main en guise d'au revoir, puis disparaît derrière le rideau.

17

Le jour où les illuminations de Noël sont allumées dans les rues, comme un chemin de croix luminescent qui traverserait la ville, Herman est en route pour l'épicerie de Jacobsen. La première chose qu'il fait est de humer le parfum de la machine à café. Sauf que les effluves se sont transformés en relents. Il trouve que ça pue la vieille chaussette. Et à vrai dire, ça ne l'étonne pas car tout est différent, et Herman n'est plus le même non plus. Il abaisse son bonnet sur son front et se campe devant le comptoir. Sortant de l'arrière-boutique, Jacobsen junior se recoiffe en ramenant ses cheveux en arrière, qui lui font une espèce de casque au-dessus de sa trombine. Sur ce, il range son peigne dans sa poche de poitrine à côté de seize stylos et se penche vers Herman.

— On se fait rare ces temps-ci… Où étais-tu passé ?

— À Adapazari.

Ce que Jacobsen junior veut bien croire puisque le client a toujours raison.

— Et il faisait beau ?

— Il y avait tellement de soleil qu'on a été obligés d'ouvrir notre parapluie.

À voir son sourire en biais de star de cinéma, Jacobsen junior commence à s'impatienter.

— Et qu'est-ce que ce sera ?

— Ce sera deux bières de Noël.

— Deux bières de Noël ? Oui. Juste deux ?

— J'ai assez d'argent.

— Je n'en doute pas. Et à qui sont-elles destinées, ces bières, si je peux me permettre ?

Il se permet. Herman pose son billet devant lui.

— À la Caisse des Consignations.

— Tu as bien dit *deux* bières de Noël ? Cette très chère Caisse des Consignations voudrait *deux* bières de Noël maintenant... Tu rigoles, ou quoi ? Arrête de te payer ma tronche ! Qu'est-ce que tu mijotes encore ?

— Je rigole pas.

Jacobsen junior non plus, d'ailleurs. Il file chercher la mère d'Herman à la réserve qui, après avoir relevé l'abattant du comptoir, se poste devant lui et le toise.

— Tu n'es pas à l'école aujourd'hui ?

— J'ai pris ma matinée. Et mon après-midi. Toute ma journée, en fait.

— Il prétend vouloir *deux* bières de Noël pour la Caisse des Consignations ! intervient Jacobsen junior. Si c'est vrai, c'est la plus petite commande qu'il ait passée depuis la fin de la guerre.

Sa mère regarde Herman en fronçant les sourcils.

— C'est vrai, ce mensonge ?

— Non et oui.

Elle se rapproche de lui pour lui chuchoter à l'oreille.

— Ne me dis pas que tu comptes encore te laver la tête à la bière ?

— Jamais de la vie. Je dois deux bouteilles à la Caisse des Consignations.

Elle lui sourit et lui fourre une bière dans chaque poche.

— Allez, file. La Caisse des Consignations a encore un rude hiver devant lui.

Herman pique un sprint, tourne à l'angle, et avant même d'avoir ouvert la porte dont la plaque indique Frantsén, il entend une succession de bruits étranges. La Caisse des Consignations parle tout seul, à moins qu'il ne discute avec le Temps, mais il est impossible de comprendre ce qu'il baragouine, il doit sûrement utiliser sa langue maternelle. Il pousse des cris de temps à autre tandis que des bouteilles se cassent à intervalles tout aussi réguliers. Herman a beau patienter, le chahut ne cesse pas pour autant. Il décide alors d'entrer et découvre la Caisse des Consignations allongé par terre, en train de farfouiller frénétiquement sous le tapis.

— Tu cherches le Temps ? demande Herman.

Mais il ne l'entend pas. Il continue de fouiller, oriente ses recherches vers le mur, change de direction, rampe le long de la plinthe tout en jetant les bouteilles qui bloquent son passage.

— Elle n'a pas pu aller bien loin. Tu veux que je t'aide ?

Se redressant d'un bond, la Caisse des Consignations fixe Herman avec les yeux plus écarquillés qu'il ait jamais vus, tellement globuleux qu'ils ressemblent à deux assiettes avec du vieux gratin de poisson dedans.

— Stop ! hurle-t-il. Stop ! Pas un pas de plus !

Herman, qui n'a pas quitté le seuil de la porte, n'a pas l'intention de bouger d'un millimètre.

— Tu n'oserais pas entrer dans le lit de roses du roi ?

— Je t'ai apporté des bières de Noël, chuchote Herman.

La Caisse des Consignations s'essuie le front et tape du pied.

— Tu ne vois pas que je travaille, peut-être ?

Soudain, comme un dératé, il arpente la pièce de long en large, en émettant des bruits de tondeuse.

— La cour royale de Belgique est attendue ! Tout doit être remis en état et tiré au cordeau. Nous devons nettoyer, balayer, tondre ! Chaque caillou de chaque gravier doit être lustré !

Il s'immobilise tout aussi brusquement, se frotte les mains à hauteur du visage et fait un pas vers Herman.

— Et puis il faut se débarrasser de tous les animaux ! Tu m'entends ? Ils sont là à cancaner à longueur de journée. Cette maison est remplie de souris et de serpents, de crabes et de homards ! Qu'est-ce que tu crois que la cour de Belgique va penser de tout ça, hein ? Oust ! Du balai ! Qu'elles disparaissent, toutes ces bestioles. J'en ai éliminé certaines. Mais pas toutes ! Il reste un chameau dont il faut encore que je m'occupe !

Il continue de fixer Herman d'un œil torve. Il avance d'un pas supplémentaire vers lui. Des restes de nourriture lui dégringolent des yeux, ses cheveux dodelinent sur son front, ses narines vibrent, de la bave s'accumule au coin des lèvres.

— Ça y est ? Tu as établi un nouveau record du monde ? lui demande Herman d'une voix étouffée.

Un changement soudain survient dans le comportement du Suédois. Il se met à trembler. Les spasmes démarrent aux extrémités des mains, à croire que quelqu'un a allumé une mèche ; ils se disséminent dans les bras, redescendent dans les jambes. Il semble sur le point d'imploser, mais aucune déflagration ne retentit. Il se contente uniquement de s'effondrer, de s'avachir en silence comme un sac. Il ne se relève pas.

Herman pose les bières près de la porte et quitte l'appartement à reculons. Et c'est à ce moment-là qu'il la voit, la tortue, sur le dos, près du secrétaire, entre des bouteilles vides ; les pattes arrondies retombent mollement de chaque côté, la petite tête verte et ridée pend de travers hors de la carapace.

Ce même soir, une ambulance emmène la Caisse des Consignations. Herman assiste à la scène depuis sa fenêtre. Après leur départ, la rue est plongée dans le silence.

Sa mère frappe à la porte. Il la laisse entrer. Elle s'installe juste derrière lui, pose ses mains sur ses épaules, Herman retient son bonnet des deux mains.

— Qu'est-ce qu'ils vont faire de la Caisse des Consignations ? demande-t-il.

— Le mettre à sécher pour un petit bout de temps.

— Sur une corde à linge ?

— Pas exactement. Il a bu trop de bières et ça lui a imbibé le cerveau. Tu as eu peur, Herman ?

— La Caisse des Consignations n'est pas dangereux.

Herman se tourne vers sa mère.

— Et est-ce qu'ils vont enterrer sa tortue ?

— Je pense que oui.

— Il a dû lui marcher dessus.

— Je crois aussi.

— Il ne l'aura pas vue, et puis il lui a marché dessus. Il fait toujours tellement noir chez lui.

18

Herman ne quitte pas sa chambre. Il dort la lumière allumée. Des pensées par milliers sourdent dans l'obscurité, beaucoup trop ; même quand la lampe est allumée, même quand le globe brille, les pensées s'insinuent dans sa tête comme une colonie de fourmis qui pénètrent par ses oreilles et se multiplient, se démultiplient, jusqu'à former une fourmilière de questions. Est-ce vrai que le temps panse les plaies ? Le temps porte-t-il une blouse blanche, est-il assisté d'une infirmière ? Quelle taille peut mesurer le nain le plus grand du monde ? Pourquoi les yeux sont-ils plus gros et plus vite rassasiés que le ventre ? Les temps sont-ils forts ou faibles ? Pourquoi commencent-ils depuis la nuit ? Pourquoi courent-ils ? Ou bien le temps ne fait-il que passer ?

Herman sent ses cheveux tomber. Il ne se passe pas une nuit sans chute de cheveux. Au matin, il les ramasse au fond de son bonnet et les cache dans son herbier, dans le dernier tiroir. Il descelle les lucarnes du calendrier de Noël derrière lesquelles il trouve de petits animaux qui ne lui servent à rien. Parfois, il aimerait pouvoir se glisser dans ces ouvertures minuscules et dépasser les rennes pour disparaître au cœur de la forêt.

Noël approche : un parfum épicé de gâteaux à la cannelle se répand dans l'appartement, des étoiles rouges apparaissent aux fenêtres, les bougies de l'Avent se consument sans se concerter.

Vient le jour où il est bien obligé de retourner à l'école. C'est la fin du premier trimestre et le début des examens. Mais il n'est plus invisible. Bizarre quand même, la vitesse à laquelle les choses peuvent changer. Brusquement, tout le monde veut lui porter son cartable, lui donner la meilleure tartine de sa boîte à casse-croûte, lui tenir la porte, échanger des timbres alors qu'il n'en fait pas la collection. Voilà, ils ont encore plus pitié de moi, songe Herman. Voilà, ils ont tellement pitié de moi qu'ils se sentent forcés d'appliquer à la lettre les dix commandements. Du coup, il inverse les rôles : il agit comme si les autres étaient invisibles – c'est encore ce qu'il y a de mieux à faire. Ruby, elle, ne participe pas à cette cohue. Seule dans son coin, elle lui tourne le dos. Herman décide de l'ignorer elle comme les autres.

Trois Tonnes déboule et salue Herman en premier, lequel est en train de remplir son encrier. Il a beau regarder ailleurs, il lui est un peu difficile de ne pas voir Trois Tonnes. Trois Tonnes n'a pas arrêté sa croissance. Il remplit tout l'espace du tableau et n'a sûrement pas attendu le réveillon pour commencer à manger du cochon de lait. Il fait claquer la baguette à trois reprises contre l'estrade alors même que le silence remplit la classe depuis plusieurs minutes déjà.

Trois Tonnes amorce la lecture du texte que les élèves devront réécrire. Tout un chacun dresse l'oreille. Herman ne sait pas trop si cette histoire lui plaît. Mais plus Trois Tonnes avance dans sa lecture, plus Herman est convaincu. Elle ne lui plaît pas, mais alors pas du tout, du tout. Car elle ne peut pas être vraie. Herman décide de faire des fautes énormes et de changer la fin.

Trois Tonnes pose le livre et s'installe à son bureau en fermant un œil tandis que l'autre tourne sur lui-même sans cligner.

Herman écrit :

Per et Kari étaient partis faire les courses pour leur mère chez le marchand. Ils devaient acheter de la farine, du sucre, du beurre et du fromage. Sur le chemin du retour, le sachet de sucre se perçut. Malgré que Kari bloquait le trou avec sa main, le sucre continuait à se répandre. Per et Kari étaient désespérés, mais leur mère leur dit que ce n'était pas de leur faute. Heureusement, il restait encore un peu de sucre dans le sachet. Kari dut quand même retourner vite fait chez le marchand. Vous comprenez, dit-elle, le sachet s'est percé. Et alors ? demanda le marchand. Le sachet s'est percé, répéta-t-elle, et tout le sucre s'est déversé partout. C'est pas que tu crois que je vais t'en redonner un autre, répondit le marchand. Là, Kari prit peur, s'enfuit et ne retrouva plus jamais son chemin.

Vient ensuite l'exercice de calcul. Herman soustrait au lieu d'additionner. Sur ce, il rend ses contrôles et quitte la classe d'un pas nonchalant avec, plantées dans le dos, autant de paires d'yeux qu'il y a d'élèves. Il attend un instant dans le couloir, devant la patère du portemanteau où figure son nom, mais Trois Tonnes ne vient pas le chercher. Je leur fais tellement pitié, à tous, que je peux faire ce que je veux, se dit Herman.

Autant descendre en ville sans perdre une seconde.

Des gens circulent à ski dans les rues, huit lignes de tramway n'assurent plus leur terminus et s'arrêtent à la Riddervolds plass, les congères sur chaque trottoir sont à trois mètres au-dessus du niveau de la mer – minimum. Les vitrines des magasins regorgent de lutins courts sur pattes à l'air pas commode. Là où autrefois le poète Welhaven était assis sur son socle et a fini par mourir d'ennui, se trouve maintenant un abominable homme des neiges avec une brochette de pigeons crasseux juchés sur sa cafetière. Quand j'aurai ma statue, songe Herman, la première chose que je ferai, ce sera de demander à Vigeland de me construire un pigeon géant en bronze pour mettre au-dessus de ma tête.

Sur la promenade Karl Johan, le sapin de Noël attend comme un spoutnik vert paré pour le décollage. Au pied de l'arbre sont posés de gros cadeaux enveloppés dans du papier kraft dont la plupart ont l'air tout mous. Ce sont des paquets destinés aux pauvres qui n'ont pas les moyens d'avoir leur propre sapin pour les mettre en dessous. C'est là qu'Herman a une idée de génie. Il sort la perruque de son sac, la roule dans le papier sulfurisé qui lui a servi pour ses tartines, traverse la rue, salue le monsieur de l'Armée du Salut et dépose son cadeau à côté des autres.

Le salutiste avec une caisse noire sur la tête et des lunettes rondes couvertes de buée au-dessus de ses joues rouges plie les genoux pour parler à Herman.

— Ça c'est un gentil garçon ! Qui pense aux autres !

— C'est qu'on suit les dix commandements. Joyeux Noël !

Ceci fait, Herman file droit au Studenten. Il avise toute une ribambelle de personnes âgées, la bouche en cul de poule et le nez en patate, sirotant du bout des lèvres leur chocolat chaud. Il se poste devant le bar où, au-dessus de la caisse enregistreuse, un serveur en toque blanche pointe le bout de son museau.

— Un milk-shake au chocolat, un milk-shake à la fraise, une glace à l'eau au citron et un banana split avec beaucoup de nougatine. C'est ma mère qui paye.

Herman emporte sa commande au comptoir de la salle, devant la vitrine, tourne sept fois la langue dans sa bouche avant de se dire qu'il peut tout aussi bien commencer par le milieu. Arrivé à la moitié de sa dégustation, il est forcé de défaire son ceinturon de deux crans. Mais au moment où il veut s'attaquer au banana split, le serveur surgit à côté de lui, repousse le bord de sa toque et se gratte les cheveux.

— Et où est-elle, ta mère ?

— À l'épicerie de Jacobsen.

— Qu'est-ce que tu viens de dire ?

— Je viens de dire qu'elle est à l'épicerie de Jacobsen, dans Skillebekk. C'est là qu'elle travaille.

Ce qui suit se produit sans qu'Herman ait le temps de dire ouf. Le serveur lui arrache le banana split des mains, puis le traîne dans une pièce derrière le comptoir. Là, il se retrouve littéralement assis sur une chaise. Le serveur s'empare de l'annuaire. Une caisse gigantesque vibre dans un coin, on dirait une machine à laver. C'est sûrement là-dedans qu'ils arrivent à ramollir la glace, se dit Herman, et cette pensée en entraîne une autre : à partir du lait, on fabrique du milk-shake et certains ingrédients du banana split.

— Comment tu t'appelles ? crie le serveur alors qu'il n'est qu'à trois centimètres de lui.

— Je suis pas sourd, hein !

Le serveur hurle de plus belle. Si ça se trouve, il a mangé trop de bananes.

— Mon nom est Fulkt. Herman Fulkt. Mais vous ne pouvez rien me faire.

— Qu'est-ce que tu dis que nous ne pouvons pas ?

— Me faire quoi que ce soit. C'est moi qui fais. Et je fais pitié.

— Tu vas moins faire pitié tout à l'heure, tu vas voir. Je te le garantis.

— Vous me le garantissez ?

Le serveur arrive à peine à trouver les bons numéros sur le cadran du téléphone. Il hurle dans le combiné qu'il envoie ensuite valdinguer comme s'il était un lanceur de marteau professionnel.

— Je pourrais pas avoir une petite glace à l'eau en attendant ?

Là, le serveur craque. Il ressemblerait presque à un lemming qui met fin à ses jours. Les boutons de sa blouse blanche sautent dans tous les sens, la toque se carapate et la cravate fait un salto avant.

— Maintenant tu la fermes, espèce de vaurien !

— De toute manière j'ai plus envie de l'ouvrir, j'ai trop mangé, je crois.

— Et enlève-moi ce bonnet quand tu parles à une grande personne !

— Vous venez de me dire de la fermer, faudrait savoir.

— C'est que tu es insolent en plus !

— Puisque c'est comme ça, j'adresserai plus la parole aux grandes personnes du reste de la journée.

— Enlève-moi ce bonnet !

— Non.

— Tu entends ce que je te dis !

— Non et non et trois fois non !

Le serveur se rue sur le bonnet. Herman le retient, le tient même de toutes ses forces qui sont néanmoins sérieusement diminuées. Le serveur parvient à le lui arracher, manque de tomber à la renverse, change brusquement d'expression, une moue de surprise déforme sa bouche tandis que son visage se fige. Il fixe Herman, la tête d'Herman, le crâne chauve d'Herman, papillote des yeux sans pouvoir accommoder, comme si ceux-ci n'avaient pas leur place dans les orbites. D'un geste lent, il fait mine de tendre le bonnet.

— Aboule le bonnet ! ordonne Hermann.

Le serveur le lâche sur ses genoux et Herman s'empresse de le remettre.

— Tu ne veux pas... Tu as peut-être envie d'une glace finalement ?

Là, Herman comprend tout.

Une demi-heure plus tard, sa mère débarque, paie la note sans un mot, attrape Herman par le bras et le tire dehors.

— Je ne trouve pas ça drôle du tout, Herman !

— Moi j'ai trouvé ça rudement bon en tout cas.

— Tu aurais pu me demander de l'argent, tout de même !

— Oui, ç'aurait été plus malin.

— On aurait même pu y aller ensemble !

Herman sent quelque chose dans le bas du ventre, comme la fois où il avait avalé une feuille, sauf que là, ça lui semble plus lourd, et plus pressant.

— Je crois bien que je dois aller aux toilettes.

— Tu crois ou tu dois ?

— Je ne le sais que trop bien.

— Combien tu en as mangé ?

— Trois et demie. Je crois qu'il faut qu'on se dépêche, là.

Herman écoute ce que lui dit son ventre.

— Je sais qu'il faut qu'on se dépêche !

Ils descendent la Drammensveien au pas de course et arrivent juste à temps. Herman vient de battre son record de vitesse au 400 mètres haies toilettes, et la sensation à l'arrivée n'a jamais été aussi bonne. Mais, en même temps, il se sent un peu chagrin, trouvant dommage que tant de choses aussi bonnes puissent disparaître aussi vite. C'est l'anguille qui va être contente, se dit Herman.

Il entend soudain un ramdam dans la cage d'escalier. Son père, apparemment aussi pressé qu'excité, fait du triple saut pour monter les marches.

— Herman ! Où est Herman ?

— Aux W.-C., entend-il sa mère répondre.

Son père se campe devant la porte et peine à aligner plus deux mots compréhensibles.

— Herman ! Tu sais quoi ?

— Non, mais tu vas me le dire.

— Zorro est revenu !

Herman ne répond rien.

— Tu es là ? s'écrie son père.

— Oui ! Zorro est revenu ?

— Il est à Frogner ! J'ai acheté deux billets pour la séance de cinq heures. Magne-toi !

— C'est que j'ai eu une journée un peu chargée…

— Qu'est-ce que tu viens de dire ?

En fait, il n'a pas envie. Mais il se sent presque obligé d'accompagner son père pour lui permettre de voir la suite. Il se passe tellement de choses en lui qu'il en a presque mal à la tête.

Il tire la chasse, ce qui a l'avantage de dissimuler à son père les bruits soudains qui pourraient résonner, les larmes notamment.

— J'arrive !

Les voilà donc qui se retrouvent dans la salle de cinéma, au deuxième rang. La lumière des appliques s'estompe lentement tandis que des craquements et des crépitements résonnent derrière l'écran au moment où le rideau glisse de chaque côté. Le silence s'impose puis se transforme en une lettre majuscule dont le sifflement ratiboise en sourdine le public. Sauf que quelque chose cloche. Zorro ne surgit pas hors de la nuit, ni ne se retrouve enfermé comme à la fin du film précédent, mais apparaît en haut d'une montagne en compagnie de la jolie femme. La représentation dégénère aussitôt en tapage, les spectateurs se lèvent comme un seul homme, la tête tournée vers la lucarne sous le plafond, où se matérialise le visage terrorisé du machiniste. Herman le reconnaît, c'est lui qui accrochait les titres des films et qui a endossé le rôle de l'ouvreur.

— Restez à vos places ! s'écrie-t-il. Sinon on annule la séance ! Vous pouvez acheter des chocolats en attendant.

Les lampes se rallument, le rideau se ferme, puis tout reprend de zéro. Un éclair zèbre enfin l'écran. Le machiniste a trouvé la bonne bobine. Zorro, dans sa cellule, assiste impuissant au rapprochement inéluctable des cloisons. Tous les gens dans la salle se penchent en avant, retiennent leur souffle ou leur voisin. Tous – sauf Herman.

Il gratte son père à l'épaule.

— Je suis sûr qu'il y a un bloc de pierre branlant dans le sol qu'il va réussir à enlever, chuchote-t-il.

Et Zorro, chevauchant Tornado, finit par détaler vers l'horizon. Là, il se retourne pour longuement observer la jolie femme qu'il a laissée derrière lui. Herman distingue parfaitement que derrière le masque noir brillent deux yeux tristes, tristes parce qu'elle ne l'a pas suivi, ou qu'il n'est pas resté auprès d'elle.

Sur le chemin du retour, la lune est pleine dans le ciel et éclaire leur visage comme s'ils portaient un déguisement blanc. Puis un nuage noir engloutit la ville et seules sont visibles les étoiles de Noël aux fenêtres.

— Jamais j'y aurais pensé, tiens. Je croyais que Bernardo allait le faire disparaître grâce un de ses tours de magie.

Il éclate de rire, arrête Herman et sort une cigarette à demi fumée.

— Celui-là, tu l'as pas encore vu. Regarde bien !

Il cache la cigarette dans sa main, ferme l'autre poing, et fait de grands moulinets des deux bras comme s'il voulait se débarrasser d'un taon. Après des gesticulations aussi fulgurantes que frénétiques, il tend ses mains en avant.

— Dans laquelle elle est ?

Herman désigne le poing gauche.

Son père l'ouvre : rien.

— Recommence.

Herman désigne le poing droit.

Son père l'ouvre lui aussi : aucune trace de la cigarette.

Mais alors il ouvre autre chose, sa bouche en l'espèce, effectue quelques mouvements de langue, et le mégot apparaît comme par enchantement. Il termine sa résurrection collé à la lèvre inférieure. Le père d'Herman semble le premier surpris de tant de magie.

— Punaise ! dit-il.

— Purée de punaises ! dit Herman.

Ils continuent leur chemin en cherchant une ouverture dans une des congères, qu'ils ne trouvent qu'une fois à proximité de la Solli plass.

— Qu'est-ce que tu voudrais pour Noël ? demande son père.

Herman n'a pas envie de répondre à cette question.

— J'aurais peut-être pas dû demander ?

— Si. Et toi, qu'est-ce que tu voudrais, papa ?

— Une surprise.

— Pareil.

Herman fait une boule de neige qu'il lance contre un lampadaire. Il rate sa cible. Son père s'y essaie lui aussi, mais rate tout autant. Ils continuent de marcher sans échanger un mot. Une fenêtre ouverte laisser filtrer des chants de Noël ainsi qu'une mélodie jouée au piano

— Grand-père va passer Noël avec nous ?

— Y a intérêt ! répond son père. On ira le chercher en début de soirée. On arrivera bien à le porter dans l'escalier, tous les deux, pas vrai ?

— Je suis sûr que ce sera vachement bien.

En rentrant à la maison, ils tombent nez à nez sur un immense sapin. Il semble avoir été juste coupé, le tronc porte encore la marque des coups de hache et de la neige subsiste sur les branches. La mère d'Herman est également plantée dans l'entrée, les bras croisés.

— Le Bock et le Pelé sont passés faire un tour, dit-elle. Avec le sapin de Noël.

Mesurant du regard la hauteur de l'arbre, arrachant de-ci de-là quelques aiguilles, le père gonfle lentement le jabot.

— Je vois ça. Un beau sapin, hein. Il va faire sensation. Deux trois guirlandes, cinq ou six boules, une étoile au sommet, et emballez c'est pesé.

— Où est-ce qu'ils l'ont acheté à ton avis, devant l'église de Frogner ou à la place de Vestkanttorget ?

— Pour ce que j'en sais, moi ! Je te dirais même que je m'en tape.

— Ils ont dit que c'était gratos. Gratos ! C'est le mot qu'ils ont employé.

— Dans ce cas on a eu du bol sur ce coup-là, dit-il en faisant un peu moins le fanfaron.

— Gratos ! répète-t-elle pour la troisième fois. Et tu peux m'expliquer comment c'est possible ?

— Ah oui ! Ça me revient maintenant. En fait... c'est le beau-frère du Pelé qui a un bois dans le Hadeland...

Elle le toise des pieds à la tête sans desserrer les dents. Herman comprend qu'il y a de l'eau dans le gaz. Son père lui fait un peu pitié.

— Et c'est pour qui la volée de bois vert ? lance Herman avant de foncer dans sa chambre.

Il n'arrive pas à trouver le sommeil. Tout est soudain si sonore : il entend son cœur battre tout au fond de son oreille, il entend ses cheveux se détacher de sa tête, il entend même l'horloge de son grand-père sonner dix coups. Et surtout, il entend la voix de ses parents dans le salon, comme une radio trop forte, branchée sur un programme qu'il n'aime pas.

— Je trouve ça scandaleux ! dit-elle.

— Tu vas pas faire ta mijaurée, maintenant ! hurle-t-il avant d'aller en tapant des pieds à la cuisine, où il ouvre le garde-manger et débouche une bouteille.

— Ne crie pas comme ça ! Herman pourrait t'entendre.

— Herman dort.

— Et tu vas le réveiller à faire un foin pareil !

— Parce que c'est moi, peut-être, qui fais un foin pareil !

Mais Herman ne dort pas, ils ne peuvent donc pas le réveiller. Il écoute, mais ne veut pas entendre. Il ne bouge pas, pour ne pas être pris la main dans le sac.

Tous les autres bruits ont disparu mis à part les voix de ses parents, cassantes, fortes, méchantes. Ne parlez plus, se dit Herman. Il faut qu'ils se taisent. Allez décorer le sapin. Occupez-vous du sapin. Ne vous adressez plus la parole.

— Un beau-frère dans le Hadeland ! Non mais tu te fous de la gueule du monde ? Maintenant je te prierais de m'expliquer d'où vient ce sapin, et vite.

— Le Bock et le Pelé ont dit qu'ils pouvaient dégoter des sapins pas chers. J'ai fait tope là.

— Et où ?

Il met un temps certain avant de répondre.

— Tu comptes te soûler la veille de Noël, c'est ça ?

— Dans les forêts de Nordmarka, dit-il finalement. Derrière le lac de Sognsvann.

— Mais c'est pas vrai ! Dans une forêt d'État ! Mais qu'est-ce que vous avez dans le crâne ?

— Tu sais combien ça coûte un sapin pareil cette année ? Tu t'es renseignée ? Non ? Bon, alors ! Et tu sais combien elle coûte, la perruque ? Mille couronnes ! Mille ! Au moins !

Herman éteint la lumière, ferme les yeux, se dissimule sous la couette. Mais ça ne sert à rien. Il n'y a nulle part où se cacher sans être aussitôt trouvé. Il est inutile de jouer à 1, 2, 3, soleil puisqu'il est tout seul et qu'il fait nuit. Il serre les dents, entonne une mélodie dans sa tête pour ne pas entendre. *Sonnez, cloches, sonnez et résonnez, sonnez mille cloches dans mille clochers. Carillonnez et tintinnabulez, appelez-les et sauvez-les, apportez la paix intérieure à tous les enfants du Seigneur.*

Et Herman glisse dans le sommeil, la tête la première, mais le bonnet d'abord.

Il est réveillé par un doigt. Par un doigt puis par cinq. Ces cinq doigts deviennent une main suspendue à un bras qui appartient à sa mère.

— Espèce de marmotte. Il est bientôt onze heures.

— J'étais au fond de mon terrier, dit-il en se redressant dans son lit.

— Tu ne vas pas à l'église aujourd'hui, avec le reste de la classe ?

Herman détourne le regard.

— Le pasteur ne me donnera pas la permission de garder mon bonnet.

— De toute manière, il va répéter les mêmes choses que l'année dernière.

— *Et si dans le foin tu Le découvres comme le bétail, grâce à Lui tu vivras jusqu'à ta mort comblé de victuailles.*

Herman est forcé de se rallonger, tant réciter le psaume l'a éreinté. Sa mère est époustouflée.

— Tu le connaissais par cœur ?

— C'était écrit sur le calendrier de Noël, marmonne-t-il. Pourquoi est-ce qu'on le trouverait forcément dans le foin ?

— Parce que c'est là que Jésus est né.

— Ça devait pas être confortable…

— On ouvre la dernière lucarne ensemble, Herman ?

— Fais-le, toi.

Elle déplie les deux abattants du calendrier qui

révèlent un des rois mages en plastique rouge. Il a un trou dans la tête.

— Il faut que je me dépêche, Herman. Sinon Junior va être furax.

Elle part d'un rire nerveux qui se déploie dans le bas du ventre et remonte jusque dans sa gorge.

— Tu sais ce qu'un client a demandé hier ? Vous avez des oreilles de porc, Jacobsen junior ?

— Tu me l'as déjà raconté l'année dernière.

— Bon, d'accord.

— Mais c'était drôle, non ?

Une sirène ulule au loin. C'est peut-être la Caisse des Consignations, songe Herman. Peut-être qu'ils lui font faire des tours en ambulance à toute blinde pour lui désimbiber le cerveau.

— Bon, je m'en vais, alors.

Herman se redresse dans son lit.

— Maman, tu es fauchée ?

Son menton dégringole, c'est étrange à voir ; mais elle le remet en place grâce à un nouvel éclat de rire.

— Non, je suis bête, Herman.

— Oui.

— J'avais complètement oublié. J'ai tellement de choses à faire et à penser…

— On est très occupés…

Elle sort deux billets orange de son sac qu'elle pose sur l'oreiller, à côté du roi mage.

— C'est pas ce que je voulais dire.

Herman ne sait pas comment exposer la situation. Il ne peut décemment pas révéler qu'il a tout entendu hier soir, qu'il n'a pas perdu une miette de ce qu'ils ont dit. Il n'arrive pas à exprimer le fond de sa pensée.

— Qu'est-ce que tu voulais dire alors ?

Ses yeux lui brûlent, et cette fois-ci, il ne peut pas prétendre que c'est à cause du shampoing. Il tourne la tête vers le mur, fixe le calendrier de Noël dont toutes les lucarnes sont désormais ouvertes et laissent apparaître une forêt avec des rennes.

— Ça t'a coûté les yeux de la tête, au Studenten ? chuchote-t-il.

Elle lui donne une petite tape sur le dos.

— Je t'avais promis qu'on y irait, non ? Et si je t'avais accompagné, on en aurait sûrement mangé deux fois plus. Au moins !

Une fois seul, il emprunte le chariot à commissions de sa mère et remonte la Drammensveien pour aller à la quincaillerie de Mme Jansen. Elle est toute petite elle aussi, à peine si on l'aperçoit derrière son comptoir.

— Qu'est-ce que vous avez ? demande Herman.

— Demande-moi plutôt ce que je n'ai pas, répond la dame en s'installant sur un escabeau pour paraître plus grande.

— Et ça aussi, vous l'avez ?

Herman regarde tout autour de lui. Les murs sont recouverts d'étagères remplies de menues marchandises : crayons de bois, cuillers à thé, dés à coudre, boîtes d'allumettes, pinces à épiler. C'est sûrement là que viennent s'approvisionner les nains, se dit Herman.

— À part des petits objets, vous en avez aussi des longs ?

— Dans la réserve, répond Mme Jansen en sautant de son escabeau.

— Dans ce cas, je crois que je vais prendre deux longs et un petit.

Il rentre à la maison, ferme la porte et range les cadeaux sous son lit, tout au fond. Il lui reste deux couronnes et soixante-douze øre. Il se demande ce qu'il va bien pouvoir en faire et décide de les garder dans le tiroir du bas, au cas où son père n'aurait pas assez de sous pour acheter du pain et du beurre.

Il sort son herbier, regarde sa collection. Il n'y a quasiment plus de place pour d'autres cheveux. J'en avais tant que ça…, songe-t-il. Et il ne me reste que ça. Ça fait pas bézef. Ses yeux ne cessent de couler. Son bonnet le gratte, il commence à être trop grand. Il jette un œil au duvet qui n'en impose pas, en fait, ce n'est pas avec lui qu'il va impressionner quelqu'un.

Le soir, ses parents décorent le sapin. Sa mère, en équilibre sur un tabouret, accroche des guirlandes et de fausses pommes de pin. Son père essaie de fixer l'étoile de Noël qui finit tout de traviole au sommet de l'arbre. Ils se retournent en même temps en voyant Herman sur le pas de la porte, sans savoir s'il s'apprête à entrer dans la pièce ou à en sortir.

— Tiens, Herman ! Tu viens nous aider ?

— Débrouillez-vous tout seuls !

19

Ce n'est qu'en ouvrant la fenêtre numéro 24 et en trouvant Jésus qu'Herman se souvient que le réveillon de Noël a lieu ce soir. La journée ressemble pourtant à n'importe quelle autre. Sur le chantier, son père treuille les toits là où ils doivent être, tandis qu'à l'épicerie sa mère vend des travers de porc. Il n'y a guère que le matin de Pâques pour consoler la peine. Il doit attendre ce soir, et il n'est même pas sûr que cette perspective le mette en joie.

Il jette un œil sous le lit, les cadeaux n'ont pas bougé de place. Il s'installe devant la fenêtre. Le ciel est inondé de soleil, mais les arbres de l'autre côté de la rue ne sont ni verts ni scintillants, leurs grosses branches blanches sont sur le point de se briser, et il ne se trouve personne pour leur dire bonjour. Ceux qui pourraient le faire ont bien mieux à faire, et des occupations bien plus pressantes vu leur pas pressé. Au loin, une cloche tintinnabule pendant que des gens entonnent déjà un chant de Noël. Herman se demande dans quelle mesure on les fait chanter. Il se demande dans quelle mesure la nef et le vaisseau de l'église peuvent voguer et s'ils sont capables de rejoindre l'océan Indien. Est-ce que son grand-père s'ennuie autant que lui ? Est-ce que le temps ne passe pas dans son ciel de lit ?

Il décide de lui rendre visite sans perdre une seconde et d'en profiter pour lui donner son cadeau. Il se fraie un passage dans les rues bondées, passe devant la parfumerie où les hommes s'agglutinent au comptoir pour acheter du 4711, devant la poste où les dernières cartes de Noël sont envoyées et parviendront en retard aux cousins et cousines de la campagne, devant les entassements de sapins qui sont si moches qu'ils ne plairont à personne et finiront leurs jours en papier de Noël, devant les portes d'immeubles où sont accrochées des couronnes et des branches de sapin décorées de boules et de raisins secs.

Si la porte de l'appartement de son grand-père ne porte aucune trace de décorations, elle n'en est pas moins ouverte. Herman entre, cache le cadeau derrière son dos et se faufile jusqu'au lit à baldaquin. Son grand-père dort, la photographie de la grand-mère toujours à la main. Herman hésite à le réveiller. Il a l'air d'être plongé dans un profond sommeil. Son visage, qui ressemble à une eau étale, est impassible et figé comme jamais Herman ne l'a vu.

Un autre bruit lui parvient aux oreilles. Celui de la pendule, elle s'est arrêtée.

— Grand-père…

Aucune réaction sous le ciel de lit.

— Grand-père ? C'est Herman. Tu es là ?

Il attend, mais n'obtient pas de réponse.

— Je t'ai apporté ton cadeau de Noël. Il n'est peut-être pas génial, mais c'est moi qui l'ai acheté.

Herman essaie de parler plus fort – sans effet. Il s'assied sur la chaise, pose une main délicate sur le crâne de son grand-père.

— Tu serais pas en train de me faire une farce ?

Son grand-père ne sent rien. Son visage est mou et presque blanc. Herman retire sa main à toute vitesse.

— Tu es sûr que tu me joues pas un tour ?

Il n'obtient toujours pas de réponse. Il rapproche sa chaise.

— Je t'ai déjà parlé de ce garçon qui perdait ses cheveux ? commence-t-il. Un que je connaissais. Il était dans ma classe, autrefois. Ses cheveux tombaient, les uns après les autres. Et pourtant, c'était pas la guerre. Mais que veux-tu, il les perdait. Tu m'écoutes bien, grand-père, hein ? Bon, je préfère ça. Toujours est-il que ses cheveux, il les gardait : il les cachait dans son herbier. Histoire de ne pas les perdre totalement. C'est pas bête, hein ? Tu trouves pas ? Parce que tu vois, il se disait qu'un beau jour, il aurait sûrement besoin de les réutiliser. Ses parents n'avaient pas assez d'argent pour lui payer une perruque. Mais en fait, les plus beaux cheveux qu'il avait, c'était du duvet. Et si quelqu'un l'embêtait, ce qu'il faisait, lui, c'est qu'il prenait son duvet, et il leur en fichait un coup à la figure. Tu trouves pas que c'était futé de sa part, grand-père ? Peut-être qu'il aurait pas eu besoin de les frapper fort. Peut-être que leur agiter le duvet sous le nez aurait suffi, et qu'en le voyant les autres auraient déguerpi. Peut-être. Ce qu'il est devenu ? Pour être franc, je sais pas trop. Je crois qu'il a fini ses jours avec un bonnet sur la tête et qu'il a pas été bien avancé pour autant. Si je rigole ? C'est ça que tu me demandes ? Comme si j'avais une tête à rigoler.

Herman retire son bonnet et lui montre sa tête. Il lui reste encore quelques mèches hirsutes là où se trouvait la raie autrefois.

— Tu l'as compris dès le départ, c'est ça, hein, grand-père ? Mais tu as préféré te taire ?

Cette fois encore, son grand-père ne répond rien.

— C'est pas moi que tu peux faire tourner en bourrique..., chuchote Herman.

Il se lève. Un peu plus et il oubliait la raison de sa visite. Il pose le cadeau sur la chaise puis s'accorde une minute de réflexion.

— Tu veux peut-être que je l'ouvre pour toi ? Oh, et puis je crois que je vais le faire, tiens.

Il arrache le papier, ouvre la boîte.

— Si elles ne te vont pas, tu pourras les changer, c'est pas grave.

Il remet son bonnet, jette un œil aux mains de son grand-père qui tiennent la photographie de sa grand-mère.

— Il doit te rester des lacets, pas vrai ?

À ces mots, il pose une paire de chaussures noires et brillantes sur le lit, puis il rentre chez lui.

Herman place ses deux mains autour du tronc qu'il se met à secouer de toutes ses forces. Il le secoue jusqu'à ce que les pommes de pin et les petits paquets cadeaux accrochés s'écrasent par terre. Il le secoue jusqu'à ce que les lutins perdent pied et que les bougies s'écroulent. Il le secoue jusqu'à ce que l'étoile fasse un vol plané et s'effondre. Et il le secoue jusqu'à ce que les aiguilles se détachent du sapin et virevoltent dans la pièce. Puis il s'assied sur le plancher, entre les branches grises et nues. Il ressemble à un cadeau que personne n'aurait voulu se fatiguer à emballer, un cadeau destiné à personne.

Plus tard, bien plus tard, il entend ses parents rentrer. Ils l'appellent. Il ne répond pas. L'instant d'après, ils se tiennent sur le seuil de la porte, figés, bouche bée, mutiques, constatant l'ampleur des dégâts.

Herman rampe au pied du sapin. Il se cache les yeux. Ils finissent par le voir. Sa mère fait un pas dans la pièce. Elle ouvre la bouche. Elle parle. Tout doucement d'abord, tout bas, puis sa voix s'élève, son débit s'accélère.

— Herman ? Herman ! Qu'est-ce que tu as *encore* fait ? Tu viens de ruiner notre sapin de Noël ! Herman !

Son père quitte le périmètre de l'entrée, traverse la pièce à grandes enjambées, soulève Herman par les bras et le maintient ainsi, suspendu.

— Mais tu as complètement perdu la tête, ou quoi, mon garçon !

Sa mère arpente le salon d'un mur à l'autre.

— Je commence vraiment à être fatiguée de toi ! Comment as-tu osé faire une chose pareille ? Réponds-moi quand je te parle, Herman !

— Grand-père est mort.

Elle s'immobilise. Son père le repose lentement par terre et le lâche.

— Qu'est-ce que tu viens de dire, Herman ?

— Grand-père est mort.

Sa mère s'approche de lui. Elle lui demande d'une voix blanche :

— Tu es allé voir grand-père aujourd'hui, Herman ?

— Grand-père est mort. Il commence quand alors, ce réveillon ?

Sa mère se précipite dans l'entrée, talonnée par son père, mais elle s'arrête net et se retourne sur Herman qui murmure :

— On bouge pas d'ici. On a déjà dit adieu à grand-père.

Ils partent en courant. Herman entend leurs pas pressés dévaler l'escalier. Il reste là, sans bouger, au beau milieu du salon, attendant que le silence se réinstalle. Il essaie de nettoyer le saccage. Il raccroche les décorations sur le sapin, grimpe sur la table pour fixer l'étoile au sommet de l'arbre. Les aiguilles, il n'y arrive pas. Elles refusent de tenir. Elles sont tombées à jamais. À défaut, il va chercher le balai, les rassemble en un petit tas qu'il jette à la poubelle. Il emporte le tout dehors. Or en quittant le salon, il s'arrête devant sa chambre. Il hésite, mais au fond de lui-même, il a déjà pris sa décision. Malgré cela, ses pieds et ses mains mettent longtemps avant d'être sûrs de leurs gestes. Il finit par s'accorder avec lui-même : il se hâte à l'intérieur, s'empare de son herbier, et vide l'ensemble des cheveux dans la poubelle.

Sur ce, il descend dans l'arrière-cour et balance le sac dans le vide-ordures.

Ses parents ne rentrent pas avant que, à l'étage au-dessus, les chants de Noël aient résonné dans la radio.

Le visage de sa mère est strié, comme une fenêtre que la pluie aurait cinglée. Son père la tient par la taille. Ils s'assoient dans le salon.

— Où est grand-père ?

— Dans une chambre, à l'hôpital, répond son père à voix basse.

— C'est là-bas que le temps guérit toutes les blessures ?

Sa mère se mouche longuement. Puis elle se lève et lance à brûle-pourpoint :

— Allez, maintenant on ouvre nos cadeaux !

— Tu crois ? demande le père. On peut attendre demain, hein… Pas vrai, Herman ?

— Oui.

— Grand-père serait fâché si on ne les ouvrait pas aujourd'hui.

Herman est inquiet.

— Grand-père peut être fâché même s'il est mort ?

— Il aurait été fâché s'il avait été en vie.

— Dans ce cas, mieux vaut les ouvrir tout de suite.

Ils vont chercher les cadeaux cachés sous leur lit respectif et les déposent au pied du sapin.

— Pour Herman de la part de papa et maman ! lit son père sur une étiquette avant de lui tendre le plus gros paquet.

Herman, l'estomac noué, défait lentement l'emballage. Il tombe d'abord sur une boîte dont il soulève le couvercle, puis s'exclame, en une seule et même et longue voyelle :

— Oooh ! Des patins de vitesse !

Il décide de les essayer sans perdre une seconde. Ils sont un peu grands. Herman fait quelques pas dans la pièce, d'une démarche en canard.

— Ils ne sont peut-être pas tout à fait à ta taille. Mais avec une paire de chaussettes supplémentaires et du papier journal, ça devrait aller.

— Merci beaucoup.

— Tu vas bientôt battre le record de Norvège, à ce rythme-là, estime son père qui, un bras dans le dos, entreprend de mimer un départ chinois – mais il se redresse avant d'avoir fait la moindre grimace et penche la tête vers la mère. Excuse-moi. Je ne devrais pas faire l'imbécile aujourd'hui.

— Arrête tes âneries, tu veux ! dit-elle en prenant un autre paquet. De la part d'Herman pour papa !

— Pour moi ? s'écrie-t-il non sans immédiatement déchirer le papier.

Il ne dit rien pendant un long moment. Puis il retrouve l'usage de la parole.

— Trois pelotes de laine... Aux couleurs de la Norvège en plus : rouge, blanc et bleu. Je suis verni, dis donc.

Confus, Herman chancelle jusqu'au sapin.

— Je crois que j'ai confondu les étiquettes, murmure-t-il. C'était pour maman, en fait.

Son père pousse un soupir de soulagement et tend le paquet à sa réelle destinataire.

— Merci beaucoup, Herman. Qu'est-ce que tu veux que je te tricote ?

— Un maillot, pourquoi pas...

— Faut que tu prévoies trois tailles au-dessus,

alors, dit le père en riant. Parce qu'il ne risque pas d'être terminé avant plusieurs années.

— Toi, tu ferais mieux de la boucler !

— Ce que je veux dire, c'est qu'Herman ne va pas tarder à être grand comme un géant.

Il trouve un autre cadeau avec ses bras démesurés.

— De la part d'Herman pour maman ! Si je comprends bien, il est pour moi, celui-là ?

— Ça m'en a tout l'air.

Il l'ouvre délicatement et adresse un clin d'œil entendu à Herman.

— Deux cents mètres de fil de pêche ! Punaise ! Il va y avoir de l'anguille au menu.

— Je me disais bien aussi…

— Mais il reste un cadeau ! s'exclame la mère d'Herman. De la part de grand-père pour Herman !

— De grand-père ?

— C'est ce qui est écrit. De la part de grand-père à Herman.

— Il a réussi à marcher ?

— Il a dû se faire aider.

— C'est bien.

Il tâte d'abord le paquet, mou, et minuscule. Puis il l'ouvre, sans déchirer le papier. Il est forcé de s'asseoir.

— Un bonnet pour faire du patin…, murmure-t-il.

Il ôte son vieux bonnet qu'il remplace en un tournemain par le nouveau, strié de trois bandes à l'avant, et terminé par une pointe qui lui descend sur le front. Il lui va comme un gant. Herman se redresse sur ses pieds, fait un tour sur lui-même, la tête à l'horizontale, en essayant de ne pas perdre l'équilibre.

— Merci, grand-père ! Merci du fond du cœur !

La mère regarde le père, qui tient quelque chose dans sa main.

— Mais ma parole ! C'est qu'il reste encore un paquet ! s'exclame-t-il. De la part de papa et maman pour Herman.

Le silence est si pesant au moment où il ouvre le paquet qu'il en a de nouveau le ventre noué. Il déplie le papier. C'est un coffret, où figurent des mots en langue étrangère.

— Merci. Je pourrais mettre mes marrons dedans.

Ils s'approchent de lui.

— Il faut que tu l'ouvres, précise sa mère.

— Maintenant que tu le dis.

Un nœud lui serre brusquement l'estomac, le contracte de plus en plus. Il ouvre le coffret, le plus lentement possible. Il en découvre le contenu.

— Une perruque…

— Et fabriquée avec des vrais cheveux, explique son père.

— À qui ils appartenaient ?

— Bonne question ! Toujours est-il qu'ils t'appartiennent désormais.

— Vous ne les avez pas piqués à quelqu'un au moins ?

Le père se tourne vers la mère sans cesser d'enrouler puis de dérouler ses deux cents mètres de fil.

— Je peux t'assurer que non, promet-elle. Ils viennent de gens qui en avaient trop.

— Des gens du Hadeland ?

Les parents échangent un long regard. Le père a déjà fait des nœuds à son fil de pêche. La mère soupire par le nez avant de s'asseoir à côté d'Herman.

— Regarde. Ils sont de la même couleur que tes cheveux. Et la raie est du bon côté. Tu pourras même les laver avec du shampoing. Tu ne l'essaies pas ?

— Si.

Ses doigts, raides, refusent de coopérer.

— Tournez-vous.

Ils regardent ailleurs. Herman substitue la perruque à son bonnet de patinage. Plus molle que la précédente, elle a une frange sur le front. En la portant, il a l'impression d'avoir la tête plus légère, comme si ce n'était pas la sienne, mais une tête qu'on lui aurait prêtée, en provenance d'un pays étranger.

— On peut regarder, maintenant ?

— Ouais.

Ils regardent. Ils y vont chacun de leur commentaire, en se coupant la parole.

— Elle est magnifique, Herman ! dit sa mère.

— J'ai jamais rien vu d'aussi joli, dit son père.

Ils veulent la toucher. Herman recule.

— Je vous vois venir... C'est ce que vous m'avez sorti la dernière fois.

— Si on allait te regarder dans le miroir ?

— Non et non et trois fois non !

— Tu n'as pas changé d'un poil !

Son père se mord la langue et décide de ne plus ouvrir la bouche du reste du réveillon.

— Tournez-vous encore.

Ils obéissent. Il soulève la perruque qu'il repose dans le coffret, puis remet son bonnet.

— A y est. Je crois que je vais aller me coucher.

Ils le suivent dans sa chambre. Herman cache le coffret dans son dernier tiroir.

— Et si on mangeait un morceau ? demande sa mère.

— J'en ai trop vu pour aujourd'hui. Je suis rassasié.

— Tu ne crois pas que tu serais mieux si tu enlevais tes patins ?

— Les dernières paires avancent seules, répond-il.

Il s'endort ainsi, un bras ballant, tandis que son grand-père se tient le long du couloir extérieur, en tenant le titre de record du monde.

20

Un nouveau film est projeté à Frogner. Zorro est rentré chez lui au Mexique, mais de toute manière Herman ne va pas au cinéma. Il retourne chez le docteur. Le tenant par la main, sa mère l'accompagne jusqu'à la salle d'attente où il y a foule, il ne reste qu'un siège libre. Et ceux qui y attendent sont plus malades que jamais. Une rangée de seaux alignée devant eux, le pantalon déboutonné, une main plaquée sur la bouche, ils poussent des gémissements entre leurs doigts, se balancent d'avant en arrière en plissant les yeux au point que leur visage ressemble à une pomme rouge. Alors même que la fenêtre est ouverte et qu'il fait moins dix-huit dehors, une odeur pestilentielle flotte dans la pièce, qui n'est pas sans rappeler les égouts du quai Fred Olsen, avec une pointe de parfum de vieilles pantoufles où auraient mariné des oreilles de porc.

— Bonne année ! lance Herman.

Il aurait mieux fait de se taire. Des crépitations et autres déflagrations résonnent de part en part, comme s'ils avaient les poches pleines de pétards ou d'allumettes capables de s'enflammer toutes seules. Ils ont sûrement eu les yeux plus gros que le ventre, se dit

Herman en baissant son bonnet jusqu'au-dessus des lèvres.

Le docteur pointe le bout de son nez, leur fait signe d'entrer d'un mouvement de l'index, referme la porte derrière lui, se précipite à son bureau où il allume un cigare.

— C'est comme ça tous les ans. Des côtelettes coincées dans la gorge, du chou qui ne veut pas remonter, des travers de porc qui le sont vraiment, de traviole, je veux dire… Et moi qui, comme d'habitude, ai oublié mon masque à gaz. La fumée de cigare ne te gêne pas, Herman ?

— Pas du tout.

— Tu n'as pas d'indigestion, toi au moins ?

— On n'a même pas de beurre pour mettre sur nos tartines, alors…

Sa mère se lève d'un bond et fait deux fois le tour de sa chaise.

— Tu vas pas utiliser une piqûre aujourd'hui ?

— Non, non. Aucune piqûre. Je te le jure sur ta tête.

— Sur mon bonnet, plutôt.

Herman remarque la présence d'une autre infirmière. Il se rend compte également que le docteur n'est plus enrhumé. Une nouvelle plante est posée sur le rebord de la fenêtre, avec des bourgeons rouges qui pointent vers le plafond.

— Toi aussi tu as eu de beaux cadeaux à Noël ? demande-t-il.

Le médecin répond par une bouffée de cigare et une minute de silence.

— On va jeter un œil à tout ça, dit-il enfin en posant son cigare et en s'approchant d'Herman.

— Il n'y a pas grand-chose à voir.

— Je vais regarder quand même. Tu peux retirer ton bonnet ? Ça m'évitera de mettre mes lunettes.

Herman lorgne du côté de l'infirmière.

— Elle est obligée de regarder ?

— Je vais me tourner en attendant, glisse-t-elle, gênée, en offrant son dos pendant qu'elle arrose la plante.

— Elle est chouette la nouvelle, dit Herman. Elle s'appelle comment ?

Il ôte son bonnet. Le docteur lui examine le crâne à la loupe, appuie à divers endroits sans prononcer le moindre mot. Herman avait raison. Il n'y a pas grand-chose à voir. Deux mèches se battent en duel dans la nuque, et le spectacle n'est pas sensationnel. Une fois ce tour de tête effectué, le médecin range la loupe dans sa poche et retourne s'asseoir.

— Tu peux remettre ton bonnet, Herman.

Le couvre-chef est déjà en place, l'infirmière a fini d'arroser la plante, les bourgeons rouges sont entre-temps devenus des fleurs.

— Tu préfères quelle course ? lui demande le docteur.

— Le 500 mètres. Je vais participer au championnat.

— Il s'est inscrit au Club de Patinage d'Oslo, explique la mère en se rapprochant du bureau. La pratique du sport n'est pas déconseillée ?

— Non, bien sûr que non. Qu'il continue.

— Comment… Comment ça s'annonce ?

Le docteur accorde un regard d'un seul œil à la mère, puis à Herman, puis à l'infirmière.

— Comme je vous l'ai déjà dit, il n'y a pas grand-chose à… dire. La situation évolue comme nous l'avions pensé. Et doit suivre son cours. Les cheveux peuvent repousser. Ou pas.

Il se penche par-dessus son bureau vers Herman.

— Tu n'as mal nulle part ?

— Pas qu'on sache.

— Tant mieux. Et sinon, tu te sens bien ?

— Je suis frais comme un gardon.

À ces mots, il a aussitôt envie de se mordre la langue, comme son père a l'habitude le faire. Car à bien y réfléchir, il a mal à certains endroits, aux yeux, au ventre. Il n'a pas oublié que son grand-père est mort et enterré.

— Pas vraiment comme un gardon, non, rectifie-t-il. Plutôt comme une vieille chaussette.

Le docteur lance un coup d'œil à la mère.

— Vous n'avez pas l'intention de faire l'acquisition d'une perruque ?

— Nous l'avons déjà achetée. Mais il refuse de la porter.

Le docteur se lève, aussitôt imité par Herman.

— Tu ne veux pas la porter ? Mais pourquoi diable ?

Herman baisse la tête.

— Tu en connais, toi, des patineurs qui portent une perruque ?

21

Herman noue ses lacets. Il a rajouté dans chaque patin deux grosses chaussettes en laine ainsi que l'édition du matin d'*Aftenposten.* Dans le couloir intérieur de la patinoire de Frogner, des filles en jupe courte opèrent des rotations en jetant des ombres de tous côtés dans la lumière éblouissante. Herman enfile ses gants, s'élance, et glisse sur la glace. Ça tient. Il reste dix minutes avant le départ.

Il effectue plusieurs boucles, un bras ballant. Sa combinaison le serre au niveau des genoux, les journaux le grattent un peu, mais au moins il évite d'être en contact direct avec le cuir de la semelle. Une musique retentit brusquement dans les haut-parleurs, un orgue Hammond et des trompettes. Dans le couloir intérieur, les filles dessinent des huit avec un pied en l'air. Herman ne distingue pas Ruby parmi elles.

Il freine au milieu de la ligne de pré-départ, mais ne s'arrête qu'à l'entrée du virage suivant. Il s'appuie à la barrière de protection, feint d'avoir une blessure, aussi grave que subite, au genou droit, puis se positionne sur la ligne de départ à côté des autres patineurs. Il ne reconnaît aucun d'entre eux. Voilà pourquoi eux ne le connaissent pas. Chacun se toise d'un regard blasé. Herman est le seul à porter un vrai bonnet de patineur.

L'arbitre descend de la tribune. Il a les plus grosses cuisses du monde et le cul qui rebique comme le derrière d'un chameau. Pourtant, il n'a pas de pistolet. Juste un sifflet autour du cou et un chronomètre. C'est sûrement le cousin de Jaune d'œuf.

Il appelle les paires. Les couples de patineurs se mettent en position de départ. Herman partira en dernier. Il patinera seul.

Le juge glisse vers lui.

— Il fallait bien que quelqu'un fasse la course en individuel. Un concurrent ne s'est pas présenté. Je ne peux diviser neuf par deux.

— Ça fait quatre et demi.

— Exactement. Mais c'est avant tout contre nous-même que nous patinons. Mets-toi bien ça dans le crâne.

— Heureusement que je suis pas très bon alors, répond Herman.

L'arbitre recule jusqu'à la ligne de départ, le premier couple est prêt, dos courbé, jambes tremblantes, comme deux bourdons qui viennent d'apercevoir une tapette. Et c'est parti. Ils filent à toute allure, s'affrontent dans le virage, se chassent mutuellement tout au long du couloir droit et parviennent sains et saufs à l'arrivée avec un temps respectif de 53.8 et 56.4. Le deuxième couple, en bisbille dès le changement de piste, entame une bataille rangée qui ne cesse qu'au tout dernier virage. Le patineur du couloir intérieur s'échappe en franchissant comme un éclair la ligne d'arrivée à 1.04.05, tandis que celui évoluant dans le couloir extérieur recule dans le classement à 1.12.7. Or, alors que le troisième couple se positionne dans la ligne de pré-départ et qu'Herman prie intérieurement pour que l'un des deux fasse une chute, il entend deux patins freiner brusquement derrière lui.

— Tu as mis des journaux dans tes patins, Herman ?

Il pivote lentement sur lui-même. Ruby. Ses yeux sont rivés sur ses patins d'où dépasse le journal. Il regarde ses pieds à elle. Elle porte des patins de vitesse. Ruby porte des patins de vitesse et un maillot bleu.

— Et… Tu vas faire du patinage artistique avec ? murmure Herman.

— Eh non. Je vais participer à l'épreuve du 500 mètres, répond-elle.

Elle n'en dit pas plus. Se contente de glisser vers l'arbitre d'un coup de patin. Dès lors, Herman sait que c'est trop tard, trop tard pour revenir en arrière. Il ne peut pas se retirer. Il doit rejoindre la ligne de départ, rejoindre Ruby. Il voudrait ne jamais avoir souhaité la chute de la troisième paire.

Il se tient dans le couloir intérieur. Il est prêt. Les genoux pliés, les bras sur le côté, déployés. Dans les haut-parleurs, la musique s'arrête. Les filles du patinage artistique, guère plus de huit, hurlent le prénom de Ruby. Herman la regarde, par-dessous son bras. Elle a la tête quasiment sur la glace, et les mains dans le dos. Il ne faut pas qu'elle me croise, se répète Herman. Il ne faut pas qu'elle change de piste en partant du couloir extérieur. Il ne faut pas qu'elle me batte. Je n'aurais alors plus qu'à vendre mes patins et me réfugier à Adapazari où je vivrai dans une grotte pour le triste restant de mes jours tout aussi tristes.

L'arbitre donne un coup de sifflet, Herman manque de trébucher. Il entend les patins de Ruby fendre la glace. Il la voit le distancer. Il la voit le semer. Il amorce le virage, mais sans parvenir à croiser les jambes. Il n'arrive pas à faire passer un genou devant l'autre, il n'arrive pas à maintenir la ligne. Il se déporte dans le couloir extérieur. Les deux bras ballants, Ruby se trouve déjà dans le couloir droit. Elle a déjà changé de couloir alors qu'Herman s'extrait seulement maintenant du virage. Il arrive à démêler ses patins l'un de l'autre, il arrive à se remettre d'aplomb. Il s'élance. Mais Ruby ne fait qu'augmenter son avance. Et lui n'entend que les cris en provenance de la tribune. Il sait qu'il a perdu, d'ores et déjà. Si je tombe dans le prochain virage, se dit-il. Si je tombe dans le prochain virage avant que Ruby ait franchi la ligne d'arrivée, je pourrai toujours dire que j'aurais pu la battre si j'étais resté bien droit. Et si je me cassais la jambe, là, tout de suite ? Et si un berger allemand déboulait sur la piste ? Et si la glace soudain venait à fondre ?

Évoluer dans le couloir droit lui donne l'occasion de réfléchir. Toujours est-il qu'il ne tombe pas. Herman donne trois ultimes coups de patin désespérés, glisse devant l'arbitre qui crie 1.28.5, entend les rires tonitruants dans la lumière éblouissante. Il file directement aux vestiaires.

Ruby le rattrape devant la statue d'Oscar Mathiesen. Elle a noué ensemble les lacets de ses patins qui pendent par-dessus ses épaules. Herman a rangé les siens dans son sac. Herman veut poursuivre son chemin, mais elle se campe devant lui.

— Je savais pas que tu faisais du patin toi aussi, dit-elle.

Herman ne répond pas. Il veut la dépasser.

— Tu t'es beaucoup entraîné ?

— Quarante jours et quarante nuits.

— Pourquoi tu ne viens plus à l'école ?

— On est contagieux.

— Trois Tonnes nous a prévenus qu'on serait renvoyés si on n'était pas gentils avec toi.

— On sait. On vous emmerde tous autant que vous êtes.

Ruby le dévisage.

— Tu es en colère ?

— On est blessé.

— Où ?

— Au genou.

Sur ce, il change de couloir, il la distance. Il emprunte de nombreux détours pour rentrer à la maison. Une fois chez lui, il accroche son sac à la cave et range son bonnet dans le dernier tiroir.

22

Les journées sont froides comme un réfrigérateur et aussi sombres qu'à l'intérieur. La porte s'ouvre par intermittence. Ses parents veulent lui mettre le grappin dessus, ils n'y arrivent pas. Personne ne réussira à s'emparer de lui. Assis en dedans, le globe sur ses genoux, Herman est irrattrapable. Leurs bras ne sont pas assez longs.

Mais un soir, alors que sa mère est à une réunion parents professeurs et que son père fait des heures supplémentaires, Herman enfile son vieux bonnet sans pompon, enfonce quelques marrons dans ses poches, et sort.

Les rues sont désertes. Le ciel est un rideau noir tiré au-dessus de la ville, la lune un accroc jaune. Un vent du nord fait voltiger la neige sous les réverbères. De vieux sapins de Noël jonchent le sol, on dirait des squelettes, ou des carcasses de vélo rouillé.

Herman se coule le long des immeubles. Il tend l'oreille, mais n'entend que le vent, la neige, et son propre souffle, blanc et glacé. Il aperçoit une fenêtre ouverte dans la Baldersgate, s'apprête à la canarder de marrons, se ravise, s'élance à toute allure comme s'il l'avait fait quand même. Il monte la colline de Bondebakken, se faufile jusqu'à l'école d'Uranienborg. Il voit quelques fenêtres allumées où les parents, en réunion, boivent un café. Il se glisse au coin de la rue pour observer la cour de l'école, vide de ses élèves, où toutes les empreintes de pas ont disparu sous la neige.

C'est là qu'il entend des voix, dans le square dont il prend la direction. Il y voit Glenn, Karsten et Bjørnar. Debout en petit cercle, ils semblent mijoter quelque chose.

Herman se hâte de les rejoindre.

Ils cessent instantanément leurs conciliabules et le toisent.

— Qu'est-ce que tu fous là ? veut savoir Glenn.

— Je passais.

Ils gloussent. Karsten lui fait signe d'approcher.

— T'es arrivé à quelle place à la course de patinage ?

Herman serre les dents. Il se tourne vers l'église, suit des yeux la pointe du clocher jusqu'à ce qu'elle disparaisse telle une aiguille en cuivre dans le revêtement du ciel.

— Qu'est-ce que vous êtes en train de faire ? demande-t-il.

— Rien que tu sois cap de faire, lopette ! rétorque Bjørnar.

Herman extrait de sa poche un marron qu'il lance en direction de l'école. Quelques secondes plus tard, ils entendent le bruit strident d'une fenêtre brisée.

— Je crois bien que j'ai pas raté ma cible, murmure Herman.

— Dis plutôt que t'as cassé la vitre du bureau du principal !

Ils se carapatent comme un seul homme et ne s'arrêtent qu'une fois arrivés devant la statue de Welhaven. Dissimulés derrière lui, ils reprennent leur souffle. Glenn sort une corde à linge de couleur verte.

— C'est pour quoi faire ? demande Herman.

— Pour te mettre à sécher.

— J'ai pas le cerveau imbibé, moi.

Glenn noue une boucle à l'une des extrémités du fil.

— Pour attacher les portes, pauv' tache !

— Mais pourquoi !

— Parce que c'est marrant.

Ils l'encerclent.

— T'oses pas ?

— C'est pas ça, mais…

Il les suit le long des rails du tramway. Ils tournent au croisement et descendent la Oscarsgate.

— C'est là, chuchote Glenn.

Ils s'arrêtent, inspectent les lieux. Personne en vue. Ils montent l'escalier à pas de loup tandis que Bjørnar reste en bas pour faire le guet. Glenn, Karsten et Herman gagnent le premier étage. Il n'y a qu'une porte où figure, sur la plaque, le nom de Hulda Hansen. Un journal attend sur le paillasson. Hulda Hansen n'est sûrement pas chez elle, songe Herman.

Glenn attache le nœud coulant autour de la poignée de la porte, Karsten tend la corde qu'il fixe à la rampe d'escalier en faisant six doubles nœuds. Deux paires d'yeux se plantent dans les pupilles d'Herman.

— Maintenant tu sonnes, ordonne Glenn à voix basse.

— Qu'est-ce que je dois dire ?

— Ce que tu peux être con ! Elle arrivera pas à ouvrir la porte. C'est ça qui est drôle.

Herman s'approche, s'immobilise, regarde les deux autres.

— Magne-toi !

Il lève la main, serre le poing, tend l'index et appuie sur la sonnette. Trois tonalités aigrelettes résonnent dans l'appartement. Glenn et Karsten reculent vers l'escalier. Il ne se passe rien.

— Recommence !

Herman s'exécute. Il entend des pas s'approcher de la porte, des pieds d'une lenteur extrême frotter le plancher. Il entend également autre chose qui ressemble à un bruit de cannes, elles martèlent le sol, en désaccord avec les pas. Il voit la poignée être abaissée.

— V'là quelqu'un ! siffle Bjørnar du rez-de-chaussée. Voilà quelqu'un !

Glenn et Karsten s'enfuient par l'escalier. Herman ne bouge pas, hypnotisé par cette porte que quelqu'un tente désespérément d'ouvrir pour sortir. La corde à linge se tend, ce qui n'a pour effet que de resserrer le nœud sur la rampe.

— Mais tire-toi, abruti ! lui crie Glenn.

Herman les entend quitter l'immeuble en courant.

Hulda Hansen ne parvient pas à ouvrir la porte. Elle se met à crier. Herman essaie de défaire le nœud de la poignée, en vain. Il sent quelque chose de chaud et d'humide lui dégouliner le long de la cuisse tandis qu'au même moment, deux hommes déboulent dans l'escalier, le concierge et un policier en uniforme.

— Enfin on vient de te prendre en flagrant délit, espèce de fripouille ! hurle l'agent en projetant Herman contre le mur.

— Ne vous inquiétez pas, mademoiselle Hansen ! Nous n'allons pas tarder à vous libérer !

Le concierge sort une paire de ciseaux de jardin et coupe la corde. La porte s'ouvre enfin. Hulda Hansen se penche sur ses béquilles et jette un œil dans le couloir. Elle regarde Herman. Herman la regarde. C'est la Dame aux termites.

— Nous avons fini par mettre la main sur votre persécuteur. Et croyez-moi que ça va chauffer pour son matricule !

La Dame aux termites ne quitte pas Herman des yeux. Herman dévie le regard qu'il pose sur les boutons dorés de l'uniforme du policier et sent le liquide couler dans sa botte droite.

— Ce n'est pas lui, dit-elle.

— Ce n'est pas lui ?

Le concierge est désorienté, l'agent lâche Herman.

— Je le connais. C'est lui qui m'apporte le journal.

Elle n'arrive pas à se pencher sur le paillasson. Le concierge, le regard inquiet, ramasse le journal qu'il lui tend.

— Ah oui. Bon, si c'est comme ça…

Il pivote sur Herman.

— Alors, mon garçon. As-tu vu quelqu'un en arrivant ?

Herman n'en finit pas d'avaler sa salive. Il doit avoir un chat dans la gorge. L'agent défroisse son coupe-vent, recule de quelques pas, fronce les sourcils.

— J'en ai vu deux remonter la Oscarsgate.

— Tu les as reconnus ?

— Ils étaient de dos.

— De ton âge ?

— Un peu plus vieux, je crois. Trente ans, peut-être.

Le concierge échange un regard consterné avec l'agent de police.

— Bon, on va aller faire une ronde pour essayer de les trouver.

Ils disparaissent dans l'escalier d'un pas énergique. Herman n'a pas bougé de place, incapable de quitter la flaque sous ses pieds, qui dégouline de son bas de pantalon. La Dame aux termites l'observe longuement, des tremblements agitent son corps à intervalles réguliers.

— Tu veux entrer ? demande-t-elle. Maintenant que tu es là…

— Euh… oui, fait Herman en levant sa botte et en marchant avec une jambe raide.

Chez elle aussi, l'appartement est plongé dans l'obscurité. Il y fait si noir qu'Herman avance presque à tâtons. Elle allume soudain le plafonnier et Herman découvre un salon rempli de canapés, et des murs recouverts de photographies. De longs cordons pendent au plafond, terminés par des poignées comme dans le tramway. Toutes les fenêtres ont leurs rideaux tirés.

Hulda Hansen s'assied lentement sur un des canapés puis, une fois que son corps repose au calme, elle se tourne vers Herman dont les yeux sont rivés au plafond.

— Je les utilise parfois, quand je ne trouve pas mes cannes.

— C'est pas idiot, comme technique.

— Le concierge me les a installées.

Herman ne trouve rien à répondre.

— Tu peux t'asseoir si tu veux.

— Je suis bien debout.

— Pourquoi tu as attaché ma porte ?

Herman quitte l'éclairage du plafonnier et vient s'appuyer dans l'ombre du mur.

— Je savais pas que vous habitiez ici, dit-il à voix basse.

— Mais les autres, si, n'est-ce pas ?

— C'est la première fois que je le fais, murmure-t-il, rouge de honte du visage jusqu'au bas du ventre.

— Tu pourras leur demander d'arrêter, s'il te plaît ?

— Je ferai ce que je peux.

— Bien. N'en parlons plus.

Certes, mais Herman ne sait pas de quoi parler d'autre. Il regarde la porte, distante de quelques mètres ; s'il s'élance maintenant, il est dehors en deux temps trois mouvements, et de là, il pourra continuer de courir jusqu'à la fin du monde et prendre le premier bateau à quai.

Il ne s'élance pas.

— Tu n'as plus peur de moi, maintenant, hein ? demande Hulda Hansen, les mains autour de la taille.

— Vous voulez un marron ?

Herman en pose un sur la table avant qu'elle ait eu le temps de répondre.

— J'en mangeais autrefois...

— Vous mangiez des marrons ?

— Oui, des marrons grillés. À Rome.

— Vous êtes allée à Rome ?

— J'ai tellement voyagé, tu sais... Tu t'appelles Herman, je crois savoir.

— Et vous êtes allée à Adapazari ?

— C'est bien l'une des rares villes où je n'aie pas mis les pieds.

Elle se lève à grand-peine, s'aide des cordes pendues au plafond et revient avec un verre de sirop pour Herman ainsi qu'une boîte de chocolats.

— Tu t'es oublié dans le couloir ?

— Juste un peu. Et juste sur une des jambes.

Elle se rassied. Ils restent silencieux un petit moment en mangeant chacun leur chocolat. La question brûle les lèvres d'Herman, il ne peut s'empêcher de la poser.

— Comment ils ont fait, les termites, pour entrer dans votre corps ?

Herman ne sait trop si elle sourit ou si elle va piquer une colère noire. Par mesure de sécurité, il se réfugie dans le coin. Mais brusquement elle éclate de rire, du coup il fait un pas en avant. Puis elle ne rit plus du tout.

— Je n'ai de termites nulle part. C'est vous qui m'appelez comme ça. La Dame aux termites. Uniquement parce que je marche bizarrement.

— J'y croyais pas trop non plus, de toute manière.

— J'ai ce qu'on appelle la danse de Saint-Guy.

Herman réfléchit.

— C'est une drôle de danse, dit-il à voix basse.

— C'est une sorte de maladie. Mais autrefois je dansais pour de vrai. J'étais actrice. Actrice de cinéma.

Son visage se déforme. Elle lève le bras, semble avoir mal, arrive tout de même à désigner une photographie.

Herman se rapproche pour la regarder. Une femme dans une jupe étroite, des cache-oreilles beaucoup trop petits sur la tête, une coupe de cheveux à la garçonne, et une longue cigarette au coin des lèvres, est assise sur le capot d'une voiture, les jambes croisées.

— C'était vous ?

— C'était moi. Juste avant que je devienne célèbre. Longtemps avant que je devienne malade.

Le regard d'Herman est attiré par une autre photo. Il en reste coi. Il l'observe longuement. Elle représente un homme sans cheveux. Il n'a plus un poil sur le caillou et ne porte pas de bonnet pour autant. Il se tient là, décontracté, dans une chemise noire, en regardant droit devant lui comme si rien ne s'était passé.

— Je te présente Yul Brynner, dit Hulda Hansen.

— C'était qui ?

— Un acteur très célèbre. J'ai joué avec lui dans un film. Ça s'appelait *Le Roi et moi*.

— Et vous étiez la reine ?

— Je l'étais, oui. J'étais une reine.

— Mais le roi, il avait des cheveux à cette époque ?

— Il était comme toi aujourd'hui.

— Et ça vous plaisait ?

— De tous ceux avec qui j'ai joué, il reste mon préféré.

Herman est forcé de regarder une deuxième fois la photo de Yul Brynner. Puis il tourne la tête vers Hulda Hansen.

— Et vous avez joué dans *Quasimodo* ?

Elle regarde ailleurs en mangeant un autre chocolat.

— J'aurais peut-être pas dû demander, c'est ça ?

Il repose son verre de sirop sur la table et fait mine de partir.

— Je n'ai pas pitié de vous, Hulda Hansen ! dit-il brusquement.

C'est elle qui à présent le dévisage en souriant comme elle le peut.

— Tu reviendras me voir un jour ?

— Ça, c'est pas exclu du tout, répond Herman.

Quand il rentre chez lui, sa mère l'attend à la cuisine, avec plus encore de café que tout à l'heure et quelque chose sur le cœur.

— Où étais-tu, Herman ?

— Pas dans la cour de l'école en tout cas ! s'empresse-t-il de répondre.

Elle l'observe par-dessus sa tasse de café.

— Tu veux souper ?

— Je crois que je vais aller directement faire mes devoirs.

— Il vaut mieux, je crois. Trois Tonnes m'a parlé de ton contrôle de Noël.

Herman tente de cacher ses jambes sous la table.

— Je n'ai pas aimé ton histoire. Mais alors pas du tout.

— C'est pas ce que j'ai voulu écrire. Trois Tonnes l'a mal lue.

Elle ne répond pas, se ressert une tasse de café.

— Où est papa ?

— De sortie. Avec les autres. Ils ont fini le chantier aujourd'hui.

— Il est doué papa, hein, y a pas à dire.

— Une dernière chose, Herman. Quand on te demande d'additionner, il ne faut pas que tu soustraies. Tu imagines les conséquences si je faisais pareil à l'épicerie ?

— Jacobsen junior serait pauvre et obligé d'aller à l'Armée du Salut.

— Exactement. Tu remets ton vieux bonnet, maintenant ?

— Ça m'en a tout l'air.

Elle soupire. Elle a autre chose sur le cœur.

— Quelqu'un a cassé une fenêtre à l'école aujourd'hui, pendant que nous étions en réunion.

Herman replie les orteils dans sa chaussette mouillée.

— La fenêtre entière ?

— Avec une pierre énorme.

— Une pierre ?

Il gamberge.

— Vous les avez vus ?

— Vous étiez combien, Herman ?

Elle pose sa tasse, plante ses yeux dans les siens. Herman se laisse lentement tomber sur la chaise. Sa cuisse le gratte. Ça le gratte et ça le tire dans toute la jambe. Il n'arrive pas à se tenir tranquille.

— Qu'est-ce que tu as fait à ton pantalon ? demande sa mère.

Il est soulagé.

— Il faut que je te raconte. C'est dingue. Dans la Baldersgate, j'ai été coursé par un berger allemand. Eh bien, il était plus gros qu'un chameau.

— Il ne t'a pas mordu au moins ?

— Attends ! C'est encore plus dingue. Figure-toi qu'il m'a fait pipi dessus ! Il m'a confondu avec un lampadaire.

— Il vaut mieux que je lave ton pantalon, alors.

Il le retire sans perdre une seconde, court à la salle de bains et se nettoie au shampoing. Après quoi il s'enferme dans sa chambre où sa mère ne le dérange pas. Assis près du globe, il réfléchit. Il pense à la reine, malade d'avoir trop dansé ; il pense au roi chauve, ainsi qu'au jardinier du roi au cerveau imbibé. Il aurait dû demander à Hulda Hansen si elle connaissait la Caisse des Consignations. Et par la même occasion, il aurait pu lui demander si elle a connu son grand-père. Quand soudain une idée lui traverse l'esprit. Il prend une profonde inspiration et avale tellement d'air qu'il lui vient à en manquer. Est-ce que j'ai fait honte à Zorro sur ce coup-là ? s'interroge-t-il. Est-ce que j'ai fait honte à Zorro ? Il se calme en songeant que, au moins, il ne portait pas son costume secret de Zorro et que donc, personne ne viendra imaginer que Zorro a brisé la vitre et attaché la poignée de la porte de Hulda Hansen. Ce n'était pas un sosie. Le responsable n'était autre qu'Herman Fulkt.

Au même moment, la sonnerie de la porte d'entrée retentit. C'est sûrement son père qui a perdu sa clé parce qu'il était de sortie avec le Bock et le Pelé. Mais, sans crier gare, sa mère se tient sur le seuil de la porte.

— Tu as de la visite.

Elle esquisse un sourire entendu signifiant que ça ne promet rien de bon.

— Dis que j'ai un rôti de bœuf dans le four, chuchote-t-il.

Elle fait un pas de côté pour laisser apparaître Ruby. Celle-ci ferme la porte derrière elle et dévisage Herman.

— Tu te couches si tôt ? demande-t-elle.

— Je me suis pas encore levé.

Elle s'assied sur la seule chaise disponible et fouille la pièce du regard.

— Elle est vachement bien, ta chambre.

— C'est mon pater qui me l'a faite.

Ils ne disent rien pendant cinq minutes. Herman se demande s'il ne va pas mettre sa panoplie de Zorro par-dessus son pyjama, mais abandonne l'idée.

— Tu ne fais plus de patin ? l'interroge Ruby.

— La saison est finie.

Il regarde intensément ses cheveux. Jamais ils n'ont été aussi roux. À peine s'il arrive à les regarder longtemps à la fois. Elle rejette la tête en arrière, Herman préfère regarder par la fenêtre. Là, il la voit reflétée sur la vitre.

— Je suis arrivée cinquième, fait-elle remarquer.

Herman n'a rien à répondre à ça.

— Tu as bien couru toi aussi.

— Ah oui ?

— Tu m'as presque battue.

— J'avais oublié d'affûter les lames avant le départ.

— En plus, tu étais blessé.

Herman cogite une seconde.

— En plus, oui. Au genou droit. Ou peut-être au gauche.

— Et la glace était mal lissée dans le couloir intérieur.

— Ça, je m'en suis rendu compte ! J'étais obligé d'évoluer dans le couloir extérieur.

Ils sont à court de mots, n'échangent pas une parole pendant un petit moment. Quand celui-ci est terminé, c'est Ruby qui parle la première, et elle parle à voix basse.

— Tu as perdu tous tes cheveux, Herman ?

— Pas tous.

Il fait tournoyer le globe à toute vitesse, l'Amérique se retrouve catapultée, Ruby se rapproche.

— Je peux voir ?

— Pourquoi faire ?

— J'en ai jamais vu avant.

Herman retire lentement son bonnet et penche la tête. Il n'entend pas ce que Ruby lui dit.

— Tu as peur ? demande-t-il à voix basse.

Il sent alors une main, des doigts, l'un après l'autre, s'approcher de son crâne, puis tout doucement caresser les quelques cheveux qu'il a dans la nuque.

— T'en parleras pas à l'école demain, hein ? demande-t-il d'une voix encore plus basse.

— On fera semblant de rien.

Il remet son bonnet et regarde le globe qui continue de tourner. Il l'arrête.

— Tu habites à Majorstua ?

— Toi aussi, t'as qu'à venir me voir un de ces jours, dit-elle.

23

Herman se réveille de bonne heure. Il se réveille si tôt qu'il se souvient seulement d'avoir fermé un œil. Il s'est passé tellement de choses ces temps-ci, se dit-il en lui-même. Il se lève. Son pantalon est posé sur la chaise, sec. Il se faufile dans la salle de bains et regagne sa chambre tout de suite après. Il ôte son bonnet, ouvre le dernier tiroir d'où il extrait sa perruque. Il la pose sur sa tête, sent si elle lui va et ne sent quasiment rien. Il fait le poirier. Elle ne tombe pas. Il penche la tête par la fenêtre. Elle ne s'envole pas. Après avoir rangé ses affaires dans son cartable, il va faire un tour à la cuisine. Et finalement, il n'était pas le premier à découvrir le monde. Sa mère, toujours assise à la même place, boit encore du café. Ses yeux sont tellement fatigués qu'elle n'a plus qu'un mince trait en guise de pupilles.

— Tu es déjà debout, Herman ?

— Merci, toi aussi.

Il ouvre le réfrigérateur et boit le lait directement à la bouteille.

— Où est papa ?

— Il n'est pas encore rentré.

— Il n'est pas parti-parti ?

— Il rentrera quand il osera.

— Dans ce cas, il ne devrait pas tarder.

Sa mère remarque seulement maintenant la perruque. Un sourire surpris réveille son visage.

— Ça alors ! Mais c'est une perruque que je vois ?

— Je l'ai bien mise ? Parce que je voudrais pas avoir la frange dans la nuque.

Elle la réajuste légèrement avant de lui faire face pour bien la regarder.

— J'aimerais bien en avoir une pareille, dis donc ! Ça m'éviterait de devoir aller chez le Gros me faire faire une mise en plis.

— Je peux te la prêter samedi si ça t'arrange. Mais là, il faut presque que je file.

À une centaine de mètres de l'entrée donnant sur la Harelabbveien, il aperçoit Glenn, Karsten et Bjørnar. Ils courent aussitôt dans sa direction, Glenn se campe devant lui.

— T'as cafté ?

— On cafte jamais.

Ils regardent sa perruque. Ils n'y touchent pas, n'y font pas référence.

— Donc t'as pas cafté ?

— Non et non et trois fois non.

— C'est sympa de ta part, Herman.

— Mais vous avez intérêt à plus attacher sa porte. Sinon ça va ruer dans les brancards.

— C'est ce qu'ils ont dit ?

— C'est moi qui le dis.

Heureusement, la cloche sonne au même moment.

Assis derrière son bureau, Trois Tonnes respire si fort qu'il halète. Il a besoin de deux chaises pour avoir assez de place. Chaque fois qu'un élève a les yeux trop longtemps fixés sur la perruque, il fait claquer sa baguette. Seule Ruby fait comme si de rien n'était. Elle le fait presque un peu trop. Sur le tableau, Trois Tonnes dessine quatorze variétés de bois et écrit à la craie verte : *La forêt et son utilisation en Norvège.* Herman note dans son cahier du jour : *Les meubles sont fabriqués à partir de bois nobles. Le teck n'est pas un bois norvégien. Dans les chambres d'enfants, on utilise des meubles en pin. Les meubles de salle à manger en bouleau sont jolis. On fabrique aussi de jolis meubles avec le chêne. Les pupitres d'école sont faits avec du sapin.*

La porte s'ouvre avec fracas. Le principal entre en trombe, fait deux pas de géant, pivote sur ses talons et se dresse droit comme un piquet devant les élèves qui se sont levés d'un bond. Trois Tonnes, qui a failli tomber de ses chaises, réussit tout de même à se remettre sur ses jambes, tandis que le principal roule des yeux en forme de boulets de canon d'un pupitre à l'autre, en prenant toutefois soin de ne pas dégommer les filles.

— Des actes graves ont été commis ! hurle-t-il. Une vitre a été brisée dans mon bureau ! La fenêtre a été cassée hier soir et le malfaiteur a été vu !

Herman a soudain des problèmes d'équilibre. Il a l'impression de se retrouver dans le virage de la patinoire de Frogner. Il est contraint de se diriger d'une main et de se cramponner à son pupitre de l'autre s'il ne veut pas déraper dans l'autre rangée.

— Je conseille au coupable de se dénoncer séance tenante pour écourter sa douleur. Qui était-ce ?

À l'heure qu'il est, même ma perruque ne m'est d'aucun secours, songe Herman. Je vais être obligé de purger une peine de prison pour sept ans de malheur, d'y rester sept années de plus pour ma peine, si bien que je deviendrai bel et bien le nain le plus grand du monde.

Il s'apprête à lever la main quand quelqu'un s'agite tout d'un coup derrière lui.

— Moi, dit Glenn, le bras dressé.

— C'était moi, corrige Karsten en faisant un signe de la main.

— Moi aussi ! s'écrie Bjørnar qui brandit ses deux bras au-dessus de la tête.

— C'est bien ce que je pensais ! s'époumone le principal en se tournant vers Trois Tonnes. C'est bien ce que je pensais ! Allez, zou ! Suivez-moi ! Une, deux !

Trois Tonnes, la mine déconfite, s'effondre sur ses chaises qui émettent un bruit suspect, tandis que Glenn, Karsten et Bjørnar quittent la salle de classe au pas de gymnastique.

Pendant le reste de l'heure, Herman dessine une cognée de bûcheron en trois couleurs. Puis il note : *Les bûches doivent être portées à la scierie ou à l'usine de cellulite. Car l'usine de papier a besoin de pâte à papier. Le bois est transporté à la scierie. Là, il est découpé en planches. Certaines des bûches sont destinées aux usines de cellulite et aux usines à papier. Les feuilles sur lesquelles nous écrivons ont été des bûches avant d'être transformées en papier.*

Quand la cloche a sonné, Ruby jette un coup

d'œil rapide dans sa direction en faisant comme si de rien n'était.

Herman patiente devant la sortie côté Harelabbveien. Mais ni Glenn ni Karsten ni Bjørnar ne ramènent leur fraise. Ce que, en revanche, Jaune d'œuf ne trouve rien de mieux à faire. Il se plante devant Herman et le regarde de haut, les yeux fixés sur la perruque.

— Tu es là, toi ?

— À ce qu'on voit, oui.

— Tu peux toujours attendre, ils ne risquent pas de débarquer de sitôt. Ils doivent recopier quinze fois chacun *La vie palpite dans les forêts*, et ils ont intérêt à s'appliquer sinon ils devront recommencer.

Il jette un coup d'œil dans la rue, mais ne bouge pas d'un millimètre.

— Tu as une belle perruque, dis donc.

— C'est pas une perruque. C'est des vrais cheveux.

Jaune d'œuf se frotte le menton.

— Dis-moi, Herman. Tu sais pourquoi vous m'appelez Jaune d'œuf ?

— J'aimerais bien le savoir.

— Moi aussi. Au fait, j'ai été champion de Norvège en cheval d'arçons. En 1953.

Jaune d'œuf ne dit rien pendant un petit moment.

— Bref. Je suppose que ce n'est pas la peine de te demander pourquoi vous appelez Carton-pâte Carton-pâte ?

— Essayez toujours.

Jaune d'œuf n'essaie pas. Il se borne à émettre un rire sonore, puis s'en va en traînant les pieds sur le trottoir. Herman le regarde partir. Soudain, la femme de ménage fait son apparition, file rejoindre Jaune d'œuf, et les deux continuent leur bout de chemin ensemble en passant devant l'église.

— Hé, Jaune d'œuf et Blanc d'œuf ! À quand le poussin ? leur crie Herman, mais ils ne l'entendent pas.

Carton-pâte n'est pas en reste, qui rapplique à son tour, en traversant la cour de l'école à grandes enjambées. Sous son chapeau, ses yeux furètent de droite à gauche, il parle à haute voix avec un interlocuteur bien visible qui n'est autre que lui-même.

Le voyant s'approcher dans sa direction, Herman s'élance de l'autre côté. Il court jusqu'au chantier à Vika.

Les proportions sont comme inversées, et c'est plutôt le ciel qui semble retenu par l'immeuble. Transparent, donnant l'impression d'avoir été construit exclusivement en verre, il est inondé de cet immense soleil blanc suspendu au bout d'une corde au-dessus du fjord d'Oslo. Le bâtiment brille de mille feux, la réverbération est si forte qu'Herman doit dévier le regard avant d'en avoir trop vu.

Il aperçoit alors la grue.

Plus loin, il avise une baraque de chantier installée derrière une haute barrière en bois que quelqu'un est en train de démonter. Il frappe à la porte, elle s'ouvre toute seule. Il jette un œil à l'intérieur. Deux hommes en cotte bleue, assis à une table, se regardent dans le blanc des yeux. Le visage de l'un est mangé sur la moitié par une barbe, tandis que celui du second est bronzé dans sa totalité.

Herman se racle la gorge. Ils ne l'entendent pas. Il ressort, et frappe à nouveau.

— Mais entre, bordel ! dit une voix.

— Pas si t'es le patron, corrige l'autre voix. Tu ferais même mieux de te tirer si c'est toi !

Ils s'esclaffent et ricanent longtemps. Quand le rire s'est estompé, Herman ouvre la porte, ils se retournent simultanément sur lui.

— Ben non, c'est pas le patron, dit le barbu.

— Il devrait s'en frotter les mains, réplique l'autre.

— Avant qu'on lui frotte autre chose, précise une troisième voix qu'Herman a déjà entendue.

Une serviette lui cachant le visage, le père d'Herman est allongé sur un banc étroit posé sous la fenêtre.

— Tu dois être Herman, toi ! s'écrie le bronzé.

Se redressant comme un automate, son père le fixe intensément, en tentant de replacer ses yeux dans leurs orbites pour qu'ils forment un regard digne de ce nom.

— Herman ? Hé, mais qu'est-ce que tu fais là, Herman ?

Mais avant même qu'il ait eu le temps de répondre, les deux hommes se sont levés de leur chaise pour lui tendre leur paluche énorme couverte de poils et de pansements.

— Le Bock ! Enchanté de faire ta connaissance.

— Et voici le Pelé. Ou l'inverse. Alors Herman, tu l'as vue de tes yeux vus ? *L'anguille !*

Herman jette un coup d'œil du côté de son père qui semble dépassé par les événements.

— Je l'ai entraperçue.

— Elle devait être balèze, dis donc ! Au moins un mètre, non ? Tu crois qu'elle mesurait un mètre ?

— Ou un mètre et demi, peut-être. Car il y en avait encore plus sous l'eau qu'au-dessus.

— Un de ces jours, il faudra que tu viennes taquiner le goujon avec nous, Herman. Je t'ai déjà parlé de l'anguille que j'ai attrapée en 59, au quai Fred Olsen ? Et celle du Loch Ness, t'en as entendu parler ? Parce que, je voudrais pas dire, mais comparée à mon anguille à moi que j'ai pêchée en 59, c'est un asticot à côté. Tu sais ce que j'ai fait de la peau ?

Le père les a rejoints.

— Herman ! Pour une surprise, c'est une surprise. Tu voulais quelque chose ?

— Ben, il voulait nous dire bonjour, tiens ! glousse le Bock.

— Je me disais que je pourrais peut-être monter en haut de la grue, murmure-t-il. Au fait, je te signale que j'ai mis ma perruque.

— Ce sera un honneur pour moi de te prêter mon casque, s'exclament le Bock et le Pelé à l'unisson.

Herman monte le premier. Il grimpe à l'échelle carrée en comptant dans sa tête le nombre de marches. Elles sont raboteuses, de manière à ce qu'il ne puisse pas glisser. Arrivé à trente-deux, il reprend à zéro. Son père lui emboîte le pas. Herman sent qu'il ne va pas tarder à avoir le vertige : tout en bas, il aperçoit les gens aussi petits que des boules de gomme multicolores, la grue oscille légèrement sous l'effet du vent, la ville soudain chamboulée se dresse à quatre-vingt-dix degrés, et le ciel est suspendu à la verticale, distant de lui d'une longueur de bras seulement. Herman ne sait définitivement plus dans quel sens il se hisse.

— Ne regarde surtout pas en bas ! s'écrie son père. On est bientôt arrivés !

Herman ferme les yeux. Le casque sur son front fait l'effet d'une chape de plomb. Il déplace ses bras et ses pieds marche après marche, lentement. Tout vacille, comme en rêve. Il rouvre les yeux pour vérifier s'il évolue toujours dans la réalité. Il est bel et bien là, sur cette terre qu'il voit toupiller autour de lui à mille à l'heure tandis que sur sa gauche, une mouette est figée dans le vent. Son père surgit à sa hauteur, le retient d'une main par la taille pendant que, de l'autre, il ouvre la porte de la cabine. Ils se glissent à l'intérieur. Herman reste un long moment assis pour retrouver ses esprits. Il retire son casque pour voir si sa perruque ne s'est pas fait la malle.

— J'en ai jamais vu d'aussi magnifique ! dit son père.

Herman, qui ne sait pas trop de quoi il parle, s'installe à côté de lui. Là, il comprend. Le bateau qui vogue vers l'Amérique, avec ses deux cheminées jaunes, glisse sur le fjord d'Oslo, dépasse la pointe de Nesodden où la neige sur le toit des maisons commence à fondre. Derrière le parc de Frogner, il aperçoit le cimetière où son grand-père repose désormais dans son lit de terre. La forêt norvégienne, verte et touffue, percée çà et là de lacs blanchis, encercle la ville. Tout à coup, Herman distingue Glenn, Karsten et Bjørnar quitter la cour de l'école, les pouces gonflés et les oreilles en chou-fleur. Flanqué devant la fenêtre de la salle de classe, Trois

Tonnes essaie de tricoter un pompon à partir d'une pelote de laine de trois couleurs. Près du stade de Bislett, Jaune d'œuf et la femme de ménage marchent bras dessus bras dessous, talonnés par Carton-pâte, qui tente en vain de ne pas être vu. Hulda Hansen ânonne vers le Salon de Beauté de Frogner tandis que le Gros ouvre la porte pour laisser entrer sa vieille mère. À Majorstua, le docteur et l'infirmière montent l'escalier, tous deux en knickers de velours, une paire de skis fixée dans le dos. Ruby descend pour sa part l'avenue Kirkeveien à toute blinde, tirant une charrette remplie de journaux, avec, dans la main, un énorme trousseau de clés sur la boucle duquel elle a dessiné un H.

— L'anguille, commence Herman, c'est pas elle qui a coupé la ligne.

— C'est pas chouette vu d'ici ? C'est là qu'on devrait habiter !

Son père écarte les bras.

— C'est moi qui l'ai coupée.

— Tu as vu le ferry de Nesodden ? Là-bas ! Tu paries combien que c'est le *Prinsen* ? Je le vois d'ici.

Herman se rend parfaitement compte que ce n'est pas le *Prinsen*, mais il ne dit rien à son père.

— Pourquoi vous étiez en colère contre votre patron ?

Son père se frotte les yeux.

— Il nous a sucré une heure de boulot de notre salaire ce matin, tu comprends.

— J'ai économisé des sous, au cas où ce serait un peu duraille pour nous. Deux couronnes et soixante-dix-huit øre. Mais en fait, l'argent appartient à maman.

Son père pose une main sur son épaule.

— Elle est fâchée, maman ?

— Ça peut aller.

Le vent s'engouffre dans la grue, ils doivent se retenir.

— Je crois bien que moi aussi, j'ai une vision en profondeur, dit Herman.

Ils voient le bateau qui vogue vers l'Amérique s'approcher sensiblement du bout du monde, les cheminées jaunes ne tardent pas à disparaître la tête à l'envers.

— Il faudrait peut-être qu'on rentre, maintenant. Qu'est-ce que tu en dis, papa ?

24

PRINTEMPS

Herman se tient au milieu de la pièce si ample. L'obscurité est partout, dans le moindre recoin. Il ne distingue guère que les contours de certains des éléments qui l'entourent : les fauteuils en rotin, le meuble de radio, la table recouverte de la toile cirée, la porte donnant sur la véranda qu'il vient juste de refermer, les fenêtres qui n'ont pas encore été closes. Mais les odeurs lui parviennent plus fortes que jamais : les vieux magazines qu'il ne va pas tarder à relire pour la ixième fois, les algues desséchées qui se pulvériseront entre les doigts sans qu'il ait besoin de s'approcher, les pommes de l'année dernière qu'ils ont laissées reposer. Le soleil a réchauffé la maison pendant plusieurs jours. Il bout un peu sous sa perruque, il doit s'essuyer le cou.

Une bande de lumière éblouissante vient soudain zébrer son champ de vision. Ses parents soulèvent le premier volet. Les insectes sur le seuil s'éveillent à la vie, s'acharnent à piquer la vitre avant de s'envoler en bourdonnant de confusion. Et c'est ainsi qu'Herman voit la pièce où il se trouve s'emplir lentement mais sûrement de lumière, puis il voit ses parents ouvrir la porte de la véranda et son père s'appuyer contre sa mère – à moins que ce ne soit l'inverse.

— C'est tout, dit Herman.

En regagnant la ville, il ne quitte pas le pont du bateau. Le fjord est envahi de voiles blanches alanguies au soleil. Les gouttes de transpiration roulent de sous la perruque et lui brûlent les yeux. Il se voit contraint de se réfugier dans l'ombre près de la haussière. Là, il découvre que le bateau a été baptisé *Flaskebekk*, et aussitôt lui revient en mémoire l'histoire de son grand-père qu'il n'oubliera jamais. Un sacré coup de pot ! se dit Herman. Qu'ils aient réussi à remonter de l'océan Indien le *Flaskebekk* avec ses corps et ses biens qui avaient tous péri, et qu'en plus ils l'aient ramené pile au débarcadère B. Il traverse le salon en courant et finit par trouver ses parents tout au fond, une glace à la main qui leur dégouline sur les doigts.

— Vous savez pourquoi les enfants ne peuvent pas monter à bord ? demande-t-il d'une voix pressée.

— Parce que les femmes et les enfants d'abord ? propose son père.

— Non, parce qu'on peut pas les mener en bateau !

Sa mère s'esclaffe. Elle rit si fort que le *Flaskebekk* doit accoster en faisant machine arrière, mais heureusement l'horloge de l'Hôtel de Ville ne s'arrête pas. Il est quatre heures et quart en ce dimanche de mai 1962.

Lorsqu'ils sont rentrés à la maison, ils ouvrent cette fois encore toutes les fenêtres. Une fanfare répète dans le quartier d'à côté, la musique est presque assourdie par les sonnettes de vélo. Le père d'Herman s'est précipité à la salle de bains où il se décrasse les mains et retire les lambeaux de peau qui lèvent sur ses épaules bronzées.

— Devine ce qu'on mange ce soir ? demande sa mère.

— Des boulettes de poison.

— Non et non et trois fois non.

— Du hangar aux mottes de père.

— Perdu ! Des saucisses ! Il faut bien qu'on s'entraîne nous aussi, pas vrai ?

— Mais je te signale que le record à battre est de dix-huit.

Il entre dans sa chambre, s'installe devant la fenêtre où il reste un moment. Il donne une petite pichenette au globe qui se met aussitôt à tourner. La fanfare se rapproche, entonne un air connu. Herman sent son crâne transpirer. Une chose lui trotte dans la tête. Il a entendu parler de gens ayant tout le temps devant eux. Il scrute l'horizon, mais ne le voit nulle part. Il se tourne, le temps n'est pas derrière non plus. Il a dû courir sa dernière course lui aussi, songe Herman. Et c'est là que, malgré tout, il aperçoit quelque chose : de l'autre côté de la rue, les bourgeons sur les arbres, ces espèces de boutons qui collent toujours aux doigts quand on les touche, éclatent en mille morceaux pour laisser s'épanouir des feuilles qui finissent par recouvrir le ciel dans son entier. Fortiches les feuilles, s'étonne Herman.

Il ouvre le dernier tiroir. Il tombe sur son bonnet de patinage qu'il ne quitte pas des yeux. Il préfère finalement sortir son herbier, histoire de le terminer. Il colle le dos, puis le met à sécher sur l'appui de la fenêtre. Si je ne trouve pas de campanules, se dit-il, il faudra que je me contente de campagnols.

Il se faufile dans la chambre à coucher de ses parents. Leurs pyjamas sont posés n'importe comment l'un sur l'autre, et son père a laissé traîner deux chaussettes différentes sur l'endroit du lit où sa mère dort. Il s'assied devant la coiffeuse aux trois miroirs et se dévisage.

— Toi, toi et toi ! dit-il à voix haute. Et grand-père est grand-père même s'il est mort.

Il repense un instant aux phrases qu'il vient de prononcer.

— Et Herman est Herman et personne d'autre ! Je le promets.

Il soulève sa perruque et se regarde de nouveau dans le miroir. Il examine sa tête sur toutes les coutures, qui lui apparaît immense et lustrée ; elle brillerait presque d'elle-même. Il pose ses deux mains sur son crâne, si lisse et si doux au toucher, pas la moindre bosse ne le déforme.

— Herman est Herman, répète-t-il. Je le promets.

Sur ce, il sort en courant, dévale l'escalier en se laissant glisser sur la rampe et déboule dans la rue. Ses parents postés à la fenêtre le regardent partir, mais il n'a pas de temps à leur consacrer dans l'immédiat. Une autre fenêtre s'ouvre, à laquelle se penche la Caisse des Consignations. Il est rentré récemment, le visage grossi et le cerveau désimbibé.

— Mais c'est qu'il est beau comme un camion notre Grappin !

La Caisse des Consignations est sur le point de sauter par la fenêtre.

— Hé ! Regarde, Herman ! Ils jouent pour nous !

L'orchestre s'engouffre dans la rue, la musique retentit comme un coup de tonnerre, toutes les têtes se tournent en même temps, les grosses caisses ne jouent plus en rythme durant quelques minutes et des canards résonnent dans les clarinettes. Puis la fanfare s'en va jouer ailleurs, suivie de près par une ribambelle de bicyclettes.

Herman poursuit sa route. Il ne sait pas très précisément où le mènent ses pas. C'est une raison suffisante pour ne pas s'arrêter en si bon chemin.

Ce volume a été composé par Interligne

Impression réalisée sur CAMERON par
BRODARD ET TAUPIN
La Flèche
en octobre 2005

Imprimé en France
Dépôt légal : octobre 2005
N° d'édition : 72662/01 – N° d'impression : 32474